I MERAVIGLIOSI ANIMALI DI STRANALANDIA

TESTI DI
STEFANO BENNI
DISEGNI DI
PIRRO CUNIBERTI

Feltrinelli

Prima edizione novembre 1984
Prima edizione nell'"Universale Economica" ottobre 1989
Ventesima edizione aprile 2010

Stampa Nuovo Istituto Italiano d'Arti Grafiche - BG

ISBN 978-88-07-81079-4

Con 6 tavole a colori e 64 disegni originali
in bianco e nero di Pirro Cuniberti

PROLOGO

Il 15 giugno del 1906 la nave "Loong", che portava una spedizione scientifica alle isole Juan Fernandez, si trovò a doppiare Capo Horn durante una tempesta senza precedenti. In quelle ore terribili più di trenta navi scomparvero tra le onde. I pochi sopravvissuti parlarono di "cielo nero come l'inchiostro" in cui i fulmini erano "così fitti da disegnare una ragnatela infuocata". La pioggia cadeva "con il fragore di una battaglia" e si videro onde alte quaranta metri tanto che tra i marinai "nessuno più capiva se il mare stava sopra o sotto il cielo".

Anche la "Loong", stritolata dalla bufera, colò a picco. Unici superstiti i professori Achilles Kunbertus e Stephen Lupus, dell'Università di Edimburgo. I due riuscirono ad aggrapparsi a una grossa scrivania di noce che resse alle ondate e restò a galla finché il peggio non fu passato. Navigando su questa scrivania, remando con le righe da disegno, mangiando solo gomma da matita e bevendo acqua piovana raccolta con la carta assorbente, gli scienziati resistettero per tre settimane in mare aperto. La mattina del ventunesimo giorno (come si legge nel diario che i due, seduti alla scrivania galleggiante, compilavano ogni sera) videro "una striscia di terra bianca, circondata da vapori e da un mare di un verde incredibile". Poche ore dopo la raggiunsero: "Un'isola," dice il diario, "così bella che sembrava uscita dal depliant di una pubblicità di Dio." Fu battezzata Stranalandia poiché svelò subito agli studiosi stupiti le piante e gli animali più favolosi che avessero mai visto.

Nulla, sull'isola, somigliava a ciò che era stato fino ad allora classificato nella zoologia, nella botanica, persino nella biologia e nella chimica tradizionale. Un vero "laboratorio della fantasia della natura," scrisse Lupus, "dove tutto è così strano che nulla più ti sembra strano." I due scienziati rimasero a Stranalandia tre anni, durante i quali raccolsero una grande quantità di dati, disegni e osservazioni, e si fecero numerosi amici, tra cui l'indigeno Osvaldo. Una notte dell'aprile 1909 il vulcano dell'isola (battezzato dai due studiosi "Nonnopera" per le ragioni che vedrete) improvvisamente si risvegliò con violenza. "Il cielo" scrisse Kunbertus "si arrossò come l'interno di un forno da pizza, e il calore era così forte che l'inchiostro del mio calamaio si mise a bollire e mi fuse il pennino. Non riuscii così a prendere alcun schizzo dell'avvenimento, se non uno schizzo di lava assai doloroso sulla guancia destra."

Kunbertus e Lupus si rifugiarono dentro la scrivania, che fu nuovamente la loro salvezza. Quando il vulcano esplose, la scrivania fu lanciata in aria a quattro chilometri di altezza con una parabola di circa tremila chilometri. I due volarono per molti minuti e atterrarono, sfondando il tetto, nell'Aula Magna della facoltà di Scienze Naturali dell'Università di Buenos Aires, dove era in corso un dibattito sull'evoluzione. Davanti agli scienziati allibiti, i due chiesero dapprima un tè freddo, poi improvvisarono una conferenza dalla scrivania ancora fumante. Ci furono applausi, urla e fischi: era nata la questione Kunbertus-Lupus, uno degli enigmi scientifici del secolo.

Ancora oggi nessuno può dire una parola definitiva su Stranalandia. Secondo molti studiosi essa è esistita e forse esiste ancora oggi: sarebbe un'isoletta situata nei pressi della Georgia Australe, forse resa invisibile dai banchi di nebbia e vapori caldi provenienti dal vulcano. "È una stranezza, un'assurdità scientifica?" scrisse il famoso zoologo Guiscardos. "Ma la scienza ha spesso distrutto e condannato basandosi su certezze e principi assai meno certi dell'esistenza di Stranalandia." Un altro scienziato, l'autorevole Kapp, scrisse invece: "Scambiare per verità i deliri di due scienziati suonati da tre anni di sole tropicale, solitudine e dieta di banane, è minare la credibilità della scienza. Gli animali e le altre stranezze descritte da Kunbertus e Lupus sono frutto di allucinazione: nulla di questo esiste, e se anche esistesse non rientrerebbe nei nostri piani per il futuro."
La polemica divampò: gli stranalandisti portavano a sostegno della loro tesi la precisione meticolosa dei racconti e dei disegni, e il rigore scientifico delle osservazioni. Gli avversari sottolineavano alcuni aspetti a dir poco bizzarri del carattere dei due scienziati. Kunbertus sosteneva di essere in contatto con gli extraterrestri ed era più volte entrato nelle farmacie della città chiedendo "qualcosa per un marziano che non ha digerito". Teneva le sue lezioni di astronomia e disegno stellare su una ruota di luna-park perché, diceva, "da lì le stelle sono più vicine". Lupus era famoso per le sue burle: un giorno aveva donato una sua collezione di boomerang alla facoltà di Antropologia dell'Università e durante la notte la collezione era tutta tornata indietro. Faceva esperimenti di volo senza motore e una volta si era buttato dal campanile di Edimburgo con le tasche piene di api.
Numerose spedizioni si erano nel frattempo dirette verso il punto ove si supponeva dovesse trovarsi Stranalandia. Una nave militare con mezzi da sbarco partì nel 1911, ma entrata in un banco di nebbia all'incrocio tra il parallelo 50 e il meridiano 30 dell'Oceano Atlantico si trovò poco dopo arenata nella neve di una pista di sci a Misurina, nelle Alpi italiane. Settant'anni di indagini non hanno ancora spiegato come ciò sia potuto avvenire. Nel 1923 una grande spedizione di sei navi, finanziata da una nota ditta di bibite che avrebbe voluto trasformare l'isola in un set per film pubblicitari, non ebbe miglior esito. Appena entrate nel solito banco di nebbia le navi cominciarono a rimpicciolire e tutti gli uomini dovettero buttarsi a mare. Furono salvati da una petroliera, e un marinaio riuscì a portare con sé una delle navi miniaturizzate. Misurava sessanta centimetri di lunghezza ed era intatta in ogni sua parte: al micro-

scopio gli esperti videro, ad esempio, cinquemila paia di mutande da marina, ognuna grande come un microbo.
Nello stesso anno uscì il libro "I meravigliosi animali di Stranalandia" edito da una piccola casa editrice di Londra, la Lilfelt. Il libro fu subito sequestrato in quanto "avrebbe potuto turbare l'insegnamento delle scienze nelle scuole". Le grosse industrie allora in gara per lo sfruttamento delle terre vergini comprarono tutte le copie e le bruciarono. Kunbertus e Lupus continuarono a insegnare fino al 1939, anno in cui furono visti prendere il largo con moglie, figli e cani su una piccola scialuppa nel laghetto dei giardini di Edimburgo. Scomparvero remando tra i salici, e da allora non se ne seppe più nulla.
Siamo perciò orgogliosi, dopo anni di oblìo, di essere i primi a riproporre il diario a quattro mani di Kunbertus e Lupus. Non vi diremo come sia venuto in nostro possesso: diremo solo che è il secondo dei tre volumi di cui era composta l'opera originaria. Con esso, ritorna il mistero di Stranalandia, che continuerà ad affascinarci per chissà quanto tempo ancora. Pochi mesi fa, al largo delle isole Falkland, l'equipaggio di una nave da guerra inglese ha ripescato una bottiglia contenente il seguente messaggio: "Ci servono venti matite del numero tre e se possibile un apribottiglie. Grazie, firmato professori Kunbertus e Lupus."
Uno scherzo? Il trucco di un fanatico stranalandista? I servizi segreti argentini? Chi lo sa. Benvenuti a Stranalandia!

MAPPA DELL'ISOLA

1 - Vulcano Nonnopera
2 - Stadio
3 - Capo Lumaca
4 - Fiume in salita Riobriaco (4A, estuario)
5 - Casa di Osvaldo
6 - Albero nuvola
7 - Capo Maria Delfina
8 - Prateria fioraiola e laghi dolci

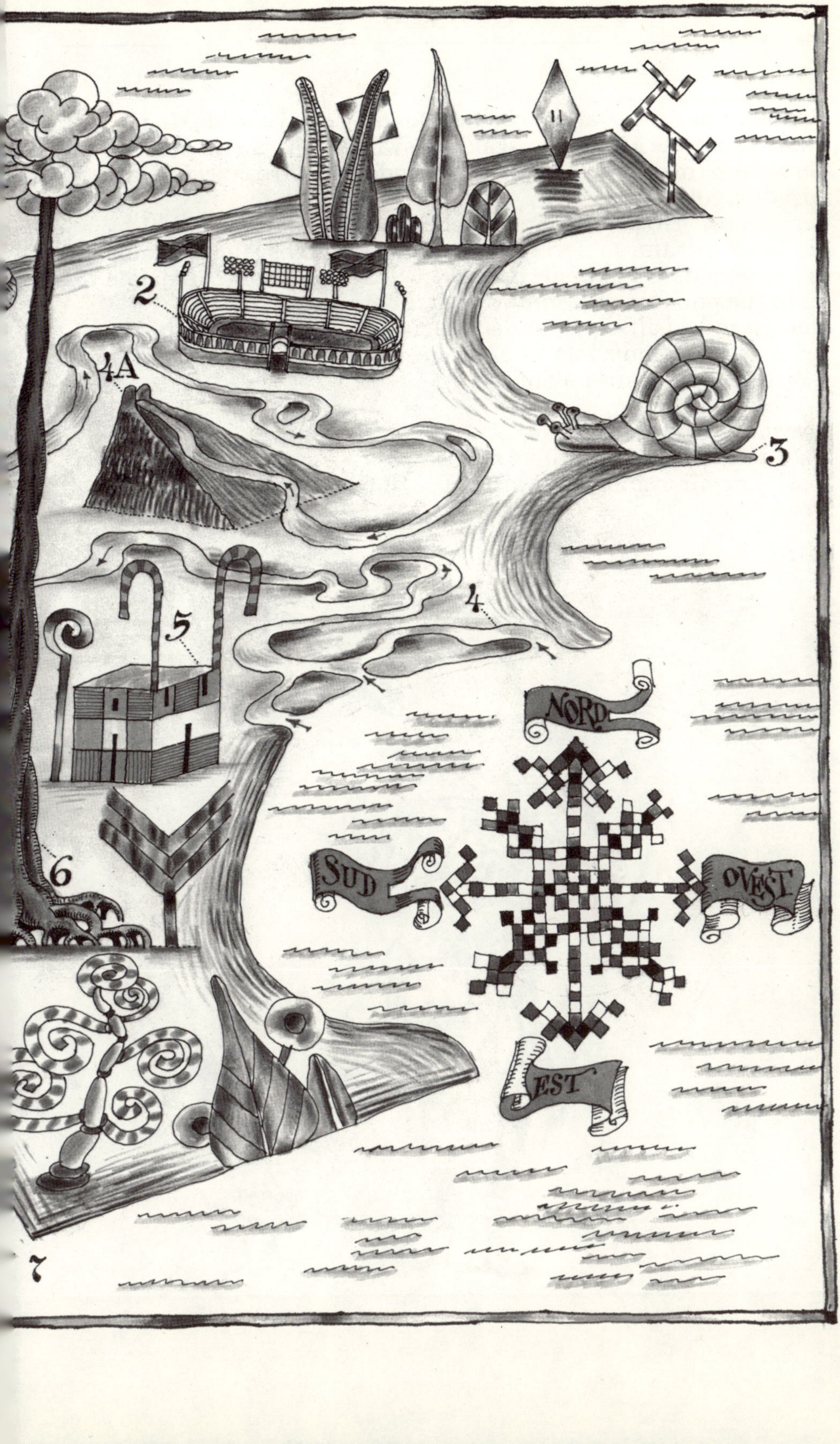
2
4A
3
4
5
NORD
SUD
OVEST
6
EST
7

OSVALDO

Nell'isola di Stranalandia c'è un solo indigeno, Osvaldo. L'unità di misura spaziale è perciò l'osvaldo. Osvaldo è alto un osvaldo, un albero è alto tre osvaldi, il mare è profondo all'incirca dieci osvaldi. E così di seguito:
Per il peso: "Ho preso un pesce che era almeno due osvaldi!"
Per la temperatura: "Ieri c'erano almeno venti osvaldi all'ombra."
Per la velocità: "L'animale più veloce di Stranalandia è il maiale volante che può fare sessanta osvaldi all'ora."
Non essendoci altre persone sull'isola, Osvaldo si usa anche per dire "gente": (Mamma mia, che osvaldo c'era stamattina in spiaggia!).
Inoltre in lingua stranalandese:
osvaldo = amico
nosvaldo = nemico
chisvaldo = tipo poco chiaro.
Vedremo più avanti molte altre cose di Osvaldo.

IL LEOMETRA

Nome scientifico: Felis leopoldo

Animale che porta, anche d'estate, giacca, pantaloni e cravatta. Lupus ritiene che possa essere nato dall'incrocio tra un leone e un geometra. È un feroce predatore e attacca tutti gli altri animali, non per mangiarli, bensì per misurarli. Quando infatti ha catturato una preda, con un metro prende le misure delle zampe, della testa, dei cosciotti, della coda, e non la lascia andare finché non ha terminato l'operazione.
Quasi nessun animale, sull'isola, è sfuggito al metro del terribile leometra. Kunbertus stesso, una volta, fu catturato e misurato per due ore e mezza, cavandosela con un grosso spavento.

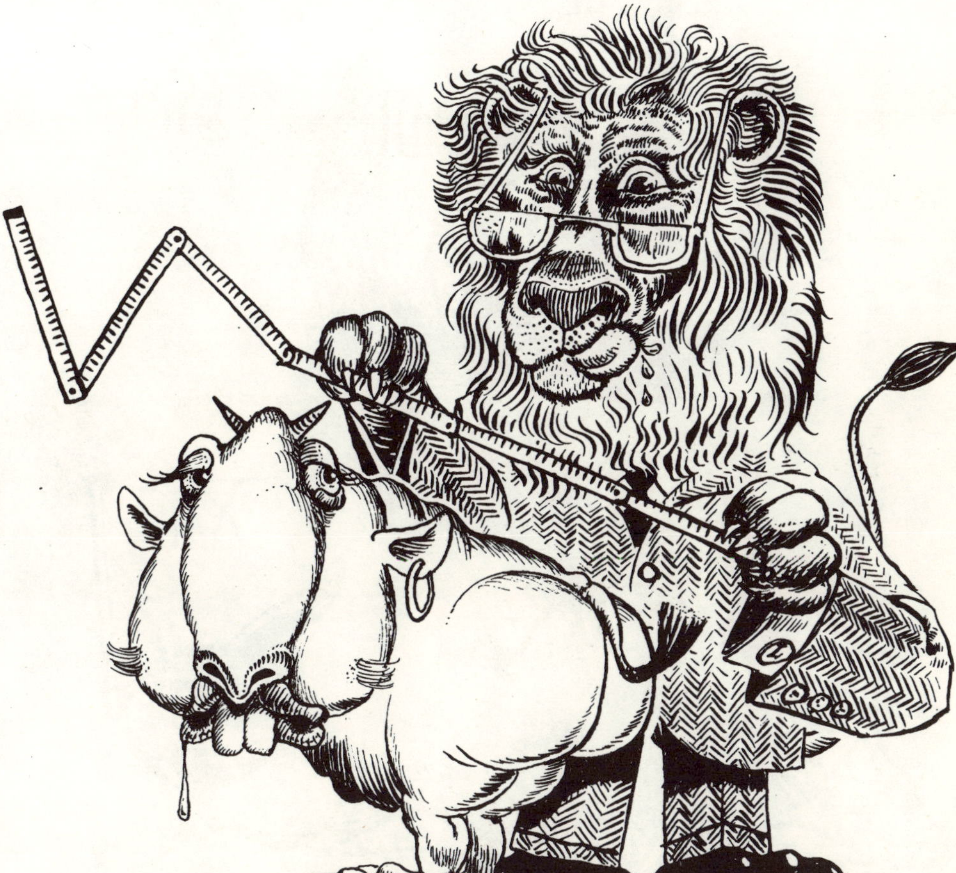

IL CONIGLIO OROLOGIO

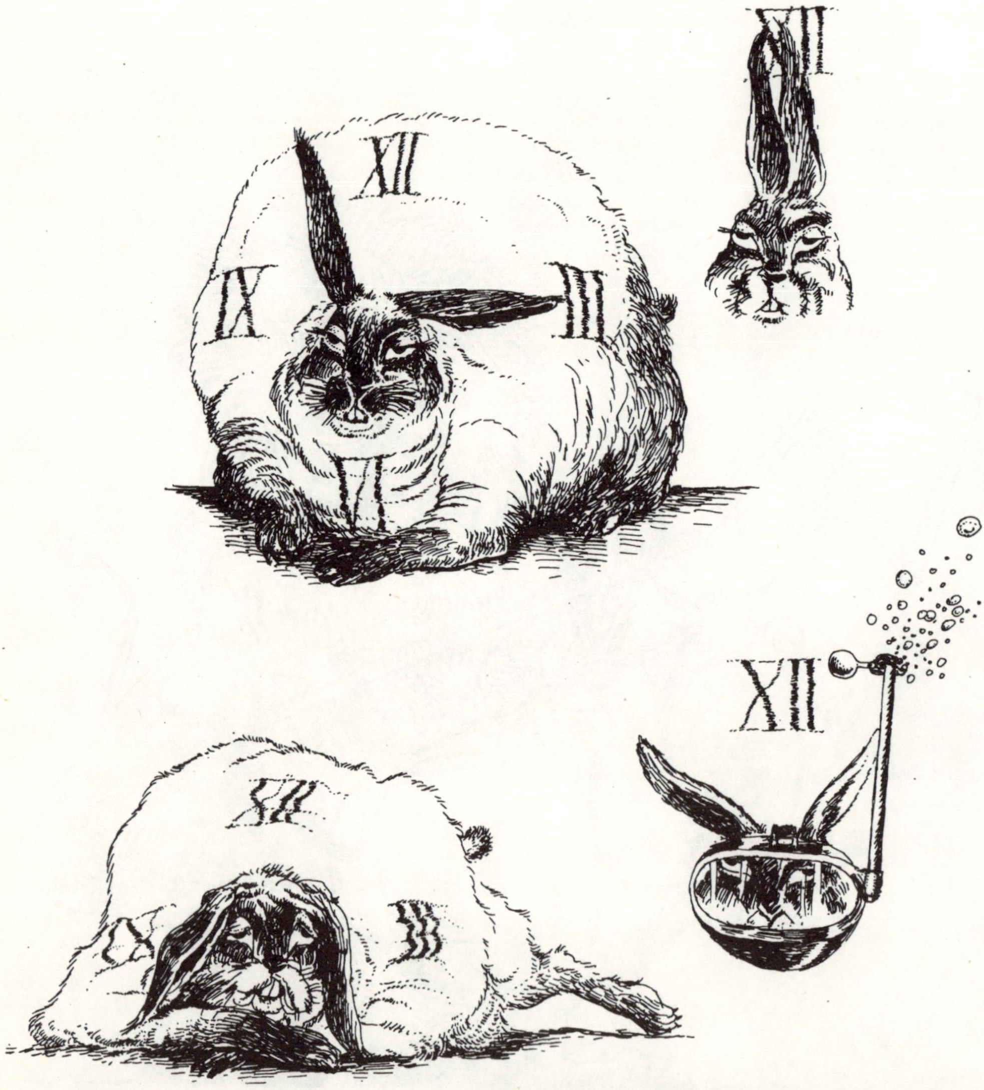

IL CONIGLIO OROLOGIO

Oroniglio niglio

Vive nella baia del fiume in salita Riobriaco, a nord-est dell'isola. La sua particolarità è quella di indicare con le orecchie l'ora esatta, proprio come le due lancette di un orologio. Vedete a sinistra nel disegno in alto un coniglio che segna le tre, e a fianco un coniglio con l'orecchia detta "a mezzogiorno". Esistono anche (come vedete nel disegno in basso a destra) conigli-orologio subacquei, che indicano l'ora esatta anche durante l'immersione.

Può succedere però (figura in basso a sinistra) che in seguito a indigestione o a troppo caldo un coniglio "si fermi". Allora le orecchie crollano e non segnano più l'ora. Niente paura: dopo breve tempo il coniglio si ricarica e drizza di nuovo le lancette.

Kunbertus aveva in casa un coniglio orologio addomesticato, che batteva anche le ore picchiando con la zampa su un pentolino. Non riuscì invece mai a farsi un coniglio da polso: tutte le volte che tentò di legarsene uno al braccio, venne abbondantemente morso.

IL PULCIOLO DELLE CRAVATTE

Pigolinus elegans

Animalino che vive sulle cravatte di Stranalandia. Su ogni cravatta (ma attenzione, solo quelle in tinta unita!) si dispongono circa cento pulcioli colorati, decorandola. Per questo le cravatte di Stranalandia sono considerate le più belle del mondo. Un tipo particolare di pulciolo è il rigolino (*Rigolinus regimentalius*), di forma allungata, il quale disponendosi sulle cravatte forma bellissimi motivi a righe.
Acerrimo nemico del pulciolo è il timbratto, una grossa cimice che balza sulle cravatte fingendosi una macchia di sugo, rovinando completamente il lavoro dei pulcioli.

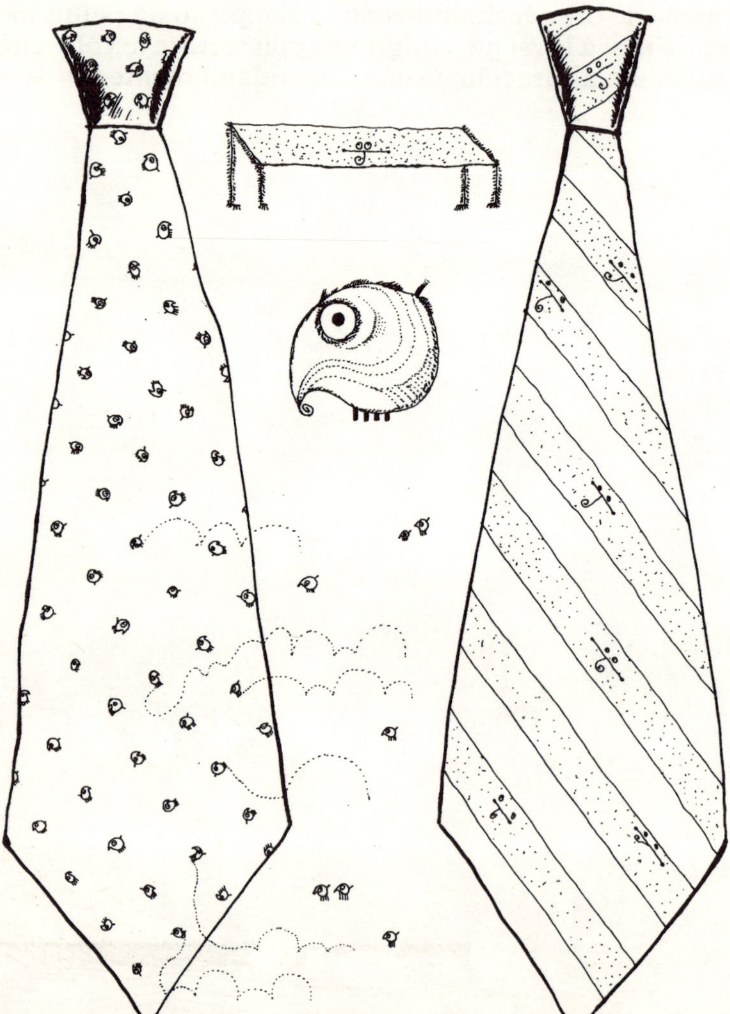

IL PRONTOSAURO

Megasaurus interurbanus

Animale straordinario, che discende direttamente dai colossali rettili dell'antichità e dalle colossali bollette Sip del nostro tempo. Misura sette osvaldi di lunghezza, e ha un lungo collo a microfono. Il suo verso è un profondo tuut-tuut, che diventa più frequente quando è molto occupato.
I prontosauri comunicano tra loro anche a grandi distanze, e passano ore a lanciarsi richiami d'amore da un punto all'altro dell'isola. Se vedete un prontosauro con la testa conficcata nella sabbia, sta parlando di cose intime e non vuole essere disturbato.

IL NONNOPERA

Il vulcano Nonnopera è il monte più alto di Stranalandia (ben seicentododici osvaldi). La sua attività è molto ridotta: emette solo di tanto in tanto un filo di fumo e brevi sputacchi di lava.
Una volta all'anno, a Natale (come tutti i bravi nonni), erutta duecento chili di caramelle per i piccoli degli animali. Il fenomeno è molto curioso. Kunbertus, che cercò di studiarlo da vicino, fu interamente coperto da una colata di caramelle mou, e da allora non ci provò più.

IL PESCE PIZZA

Pomarolus origanatus

Il pesce più squisito dell'isola. La stagione migliore per pescarlo è l'estate, quando è particolarmente ricco di mozzarella. Si pesca attaccando all'amo un carciofino. Si mangia fresco, oppure si mette in scatola o sott'aceto e lo si spedisce agli americani.

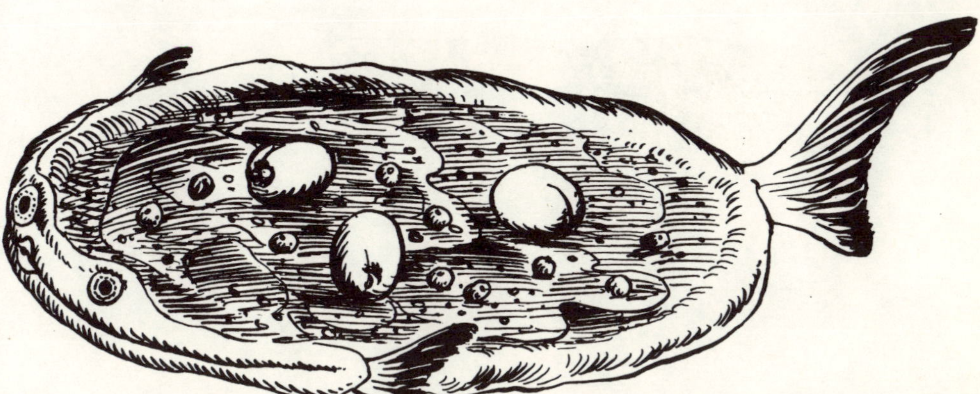

GRU DA CUCINA

Alfonsina palmata

Animale di grande utilità nelle cucine di Stranalandia. Si notino il becco a scolapasta e le zampe, una a girafrittelle e una a padella. Sotto la coda, una scodella in cui la gru deposita direttamente un uovo fresco, che lei stessa talvolta monta a maionese ancheggiando in modo appropriato.

Ne esistono vari tipi. Ricorderemo la Gru dei castagni (*Alfonsina rostis*) col piede a padella da caldarroste e la Gru piedediferro (*Alfonsina stirapodans*), che ha una zampa a ferro da stiro con cui ama stirare le camicie di Osvaldo e, soprattutto, la spiaggia dell'isola. Perciò non c'è al mondo una spiaggia con la sabbia più bianca e liscia di Stranalandia. L'alfonsina col becco la pulisce e col piede la stira, raro esempio di rispetto dell'ambiente. (Secondo Osvaldo, però, non si trovano più le alfonsine di una volta.)

IL VIRGOLO

Comma mezzipì

Lo si trova sempre in mezzo ai branchi degli altri animali, intrufolato tra uno e l'altro. Della stessa famiglia del virgolo è il puntolo, che però si mette sempre alla fine della fila. Alcuni puntoli uno dietro l'altro segnalano che il branco non è finito, e che tra poco arriveranno altri animali.

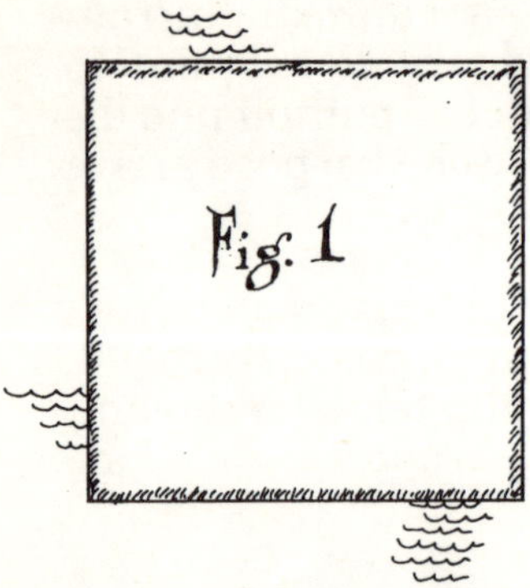
Fig. 1

Fig.2

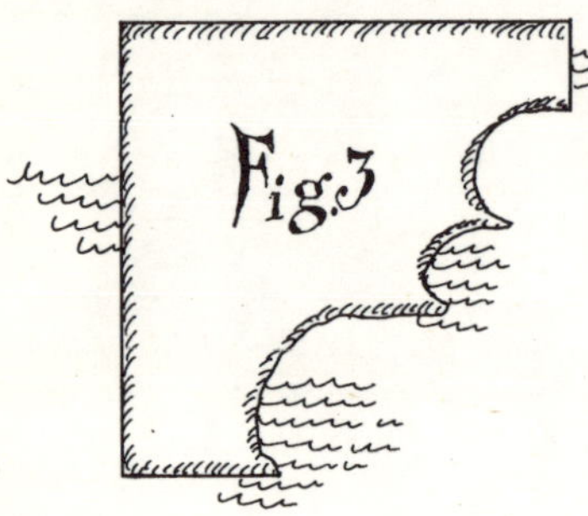
Fig.3

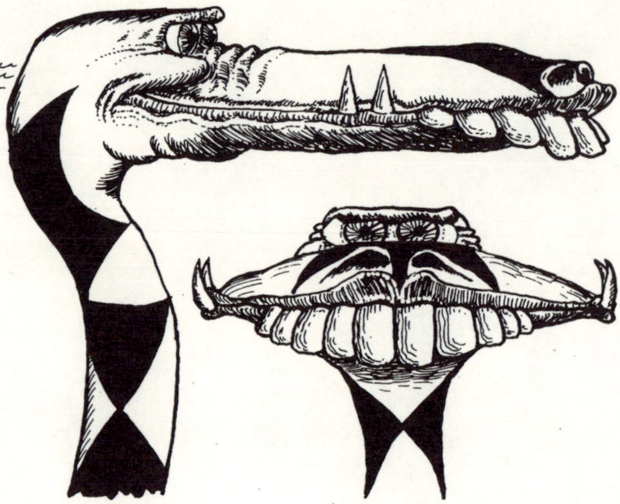

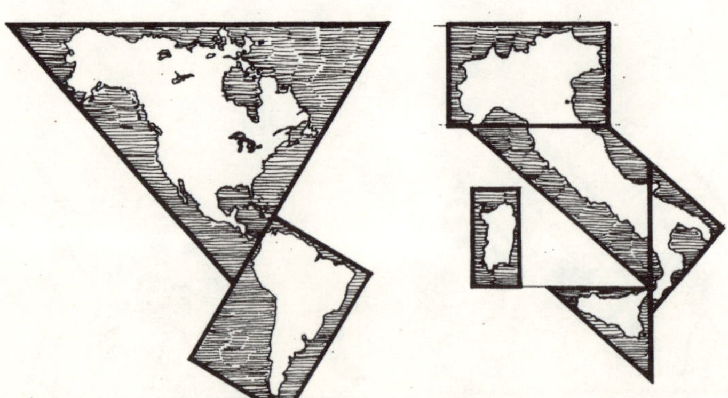

IL SERPENTE ROSICCHIAMONDO

Golfarius gigante

Narra una leggenda di Stranalandia che quando Diosvaldo creò i continenti in mezzo al mare, li disegnò con la riga e con la squadra, con molta precisione, come mostra il disegno in basso a sinistra. Tutto era quadrato, triangolare, rettangolare, senza buchi, frastagliature o brandelli.
Furono i serpenti rosicchiamondo, allora assai numerosi, a dare alle terre emerse l'aspetto attuale. Ghiottissimi di terra, mangiarono interi pezzi di continenti, fette di isole e bocconi di coste, formando golfi, insenature e promontori. Strisciando sulla terra (erano anfibi), arrivarono nell'interno e rosicchiando crearono i laghi. Come vedete dalla sequenza di figure 1, 2 e 3, Stranalandia era all'inizio perfettamente quadrata, poi arrivò un rosicchiamondo che la mangiucchiò. A chi nutre dubbi al riguardo Osvaldo mostra una foto in cui è ritratto suo nonno Pacosvaldo sopra la testa del serpente che rosicchiò Stranalandia. Il serpente rilasciò anche una dedica entusiasta.

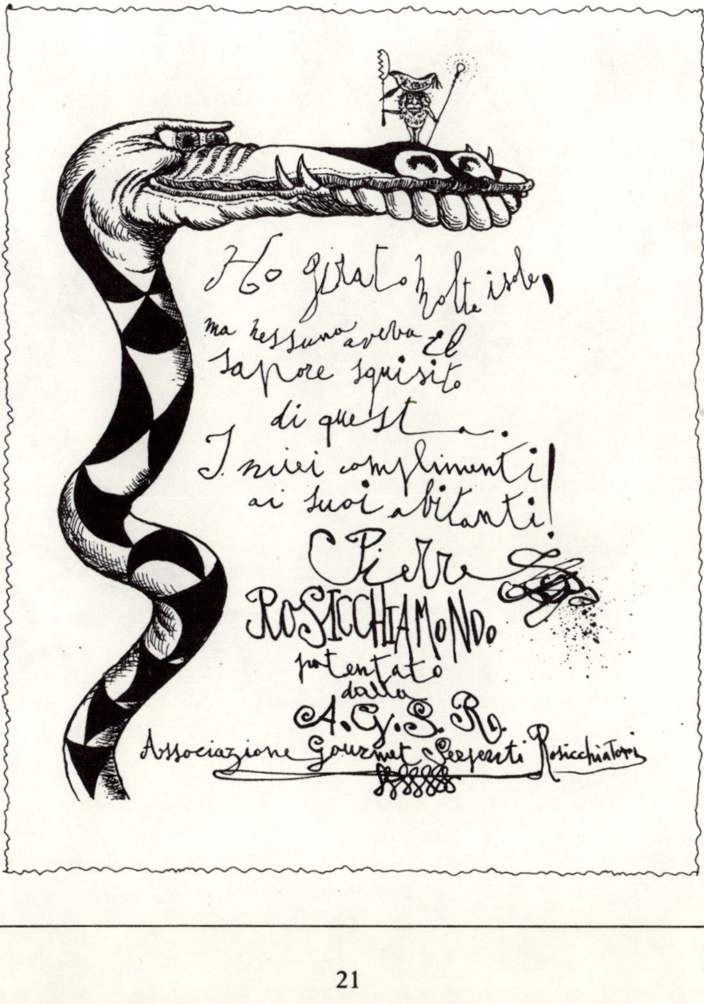

IL RIGARIO

Rigarius tuttomius

Animale che passa tutto il tempo a tracciare righe sul terreno con il becco, e a proclamare che quello che c'è tra le righe è roba sua. Arriva in un prato e, invece di sdraiarsi tra i fiori, tira subito una gran riga e urla: "Chi oltrepassa questa è nel mio terreno." Va sulla spiaggia e invece di fare il bagno disegna un quadrato e urla: "Guai a chi entra nel mio pezzo di spiaggia!" Ovunque vada, la sua ossessione è di recintare e separare, delimitare. Se provate a passare la sua riga, il rigario vi becca col naso puntuto e metallico. Spesso mette vicino alle sue righe cartelli come "proprietà privata", "zona militare" e "vietato l'ingresso".
Quando due rigari si incontrano, subito si azzuffano e volano tremendi colpi di becco. Alla fine uno dei due è spesso ferito a morte. Allora, con le ultime forze, disegna un cerchio e grida: "Qua dentro ci muoio io e guai se ci viene a morire qualcun altro," poi stramazza. Non è bella la vita dei rigari.

LO SPIOLO

Spiolus paparazzus

Lo spiolo non si vede ma c'è. Appostato dietro i cespugli, gli alberi, magari dietro il libro che leggete, ascolta e guarda. Guarda e poi racconta, maligno, a un altro spiolo, che a sua volta racconta a un altro spiolo e così via, nella catena del pettegolezzo spiòlico. Fotografa le mucche che si tolgono il reggiseno, va a spiare i fidanzamenti dei gabbiani sulla spiaggia, guarda nei frigoriferi, apre la posta, fruga dentro la spazzatura, sbircia dalla serratura, spedisce lettere anonime, telefona e butta giù, scrive sui muri: "l'elefante è cornuto".
Se vi accorgete che uno spiolo vi sta spiando, e volete metterlo in difficoltà, fategli delle domande su di lui: non saprà cosa rispondere. È così impegnato a spiare gli altri, che della propria vita non sa dirvi nulla.

IL MAIALINO VOLANTE

IL MAIALINO VOLANTE

Porcellinus pedalinus

Se a Stranalandia sentite un forte ronzìo nell'aria, non è un calabrone, ma il maialino volante. Grosso come un salvadanaio, roseo e grassottello, è dotato di due alucce da colibrì e sa volare con sorprendente agilità.
Questo simpatico animale, proprio come le api e i calabroni, ama i profumi. Ma essendo maialino non va a cercare i fiori, bensì i calzini, di cui ama follemente l'odore un po' stagionato.
Non era infrequente, quando Kunbertus andava a ritirare i calzini stesi ad asciugare, che ci trovasse dentro un maialino rimasto intrappolato. (I maialini fanno anche un miele, il miele di calzino, che ha un delicato sapore di gorgonzola.)

IL CANTANGO

Fido danceador

Uno degli spettacoli più straordinari di Stranalandia è veder danzare il cantango, il cane ballerino di tango. Agile e fascinoso, con i baffi neri rilucenti di brillantina, il cantango fa sospirare tutte le animalesse dell'isola. Al ritmo di un vecchio giradischi trovato sul relitto di una nave, è capace di danzare il tango intere notti con la partner di turno.
Il cantango è molto romantico e si innamora almeno sei volte per notte, ma ahimè, all'apparire dell'alba sparisce, lasciando la ballerina sola come un'oca. Se la ballerina è appunto un'oca, non c'è problema: ma se è l'elefantessa, la notte dopo il cantango si prende una bella proboscidata. Per questo il cantango ha gli occhi un po' blu e pesti: non già, come dice lui, per una naturale espressione languida, ma per le botte delle ballerine gelose.
Lupus conobbe il più famoso cantango di Stranalandia, Manolete Guillermo Fido de Codalesta y dos Quatros Ossobucos, in arte Manolo. Da lui apprese i passi fondamentali del "Cantangar" ovvero il caratteristico tango di Stranalandia.

I PASSI:

EL CODALÉTE - I due ballerini procedono a testa alta, tenendo le code intrecciate tra loro

LA PULZA RINEGÁDA - I due si grattano freneticamente l'un l'altro con la zampa, come a giustiziare una pulce

LA TARTUFÉRA - Il ballerino prende la ballerina e la tiene a testa in giù, a casqué, oppure ad aspirapolvere, come se dovesse trovare un tartufo. La ballerina sbuffa col naso

EL PASO PISARÓN - I ballerini avanzano alzando ritmicamente la zampa (destra lui e sinistra lei) come se dovessero fare la pipì contro un albero

EL PASO DEL BASOCHO - I ballerini strisciano per terra, imitando due cani bassotti

ARRIBA EL POSTÍN - Passo molto drammatico: i due, guancia a guancia, ringhiano come se vedessero arrivare un postino

EL FREGABISTÉCA - I due ballerini si alzano in piedi, zampa contro zampa, come a salir su un tavolo e rubare un'immaginaria bistecca

EL DOBLE BAÚ - Il ballerino lancia in aria la ballerina e fa bau: la ballerina lancia in aria il ballerino e fa bau. Così per sedici volte. Se la ballerina è l'elefantessa, bastano sei volte.

IL COCKERUTH

Tobia Golia

È l'animale più grande di Stranalandia: un cocker gigantesco, con folto pelo e zanne da mammuth (da cui il nome). Pur essendo un animale buonissimo, per la sua mole talvolta combina grossi guai. Anzitutto usa sbattere per terra gli abitanti dell'isola con le sue affettuose leccate. Con le pisciate annaffia completamente palme e capanne, e quando scodinzola per la contentezza può scoperchiare una intera casa.
Kunbertus aveva fatto amicizia con un cockeruth a cui aveva riparato una zanna cariata. Tutto andò bene finché un giorno il professore non gli disse: "Da' la zampa." Il cockeruth obbedì e il professore ne ebbe due costole fratturate.
Ultimo pericolo: quando il cockeruth sotterra un osso, provoca il cancán, la tremenda tempesta di sabbia che oscura il sole per un intero pomeriggio.

IL FORMICHIERE TRISTE

Nigrilleiro depressus

Un vero prodigio della natura. La sua lingua, vischiosa e sottile, è perfetta per infilarsi nei formicai e tirar fuori le formiche. Il pelo folto e ruvido lo protegge dai morsi delle formiche. Con la lunga coda può spazzare il terreno e raccogliere mucchi di formiche. Le zampe sono munite di unghioni con cui può scavare e rivoltare agevolmente i nidi di formiche.
E allora perché il formichiere è triste? Perché le formiche non gli piacciono.

L'ALFABETO MUTO OSVALDESE

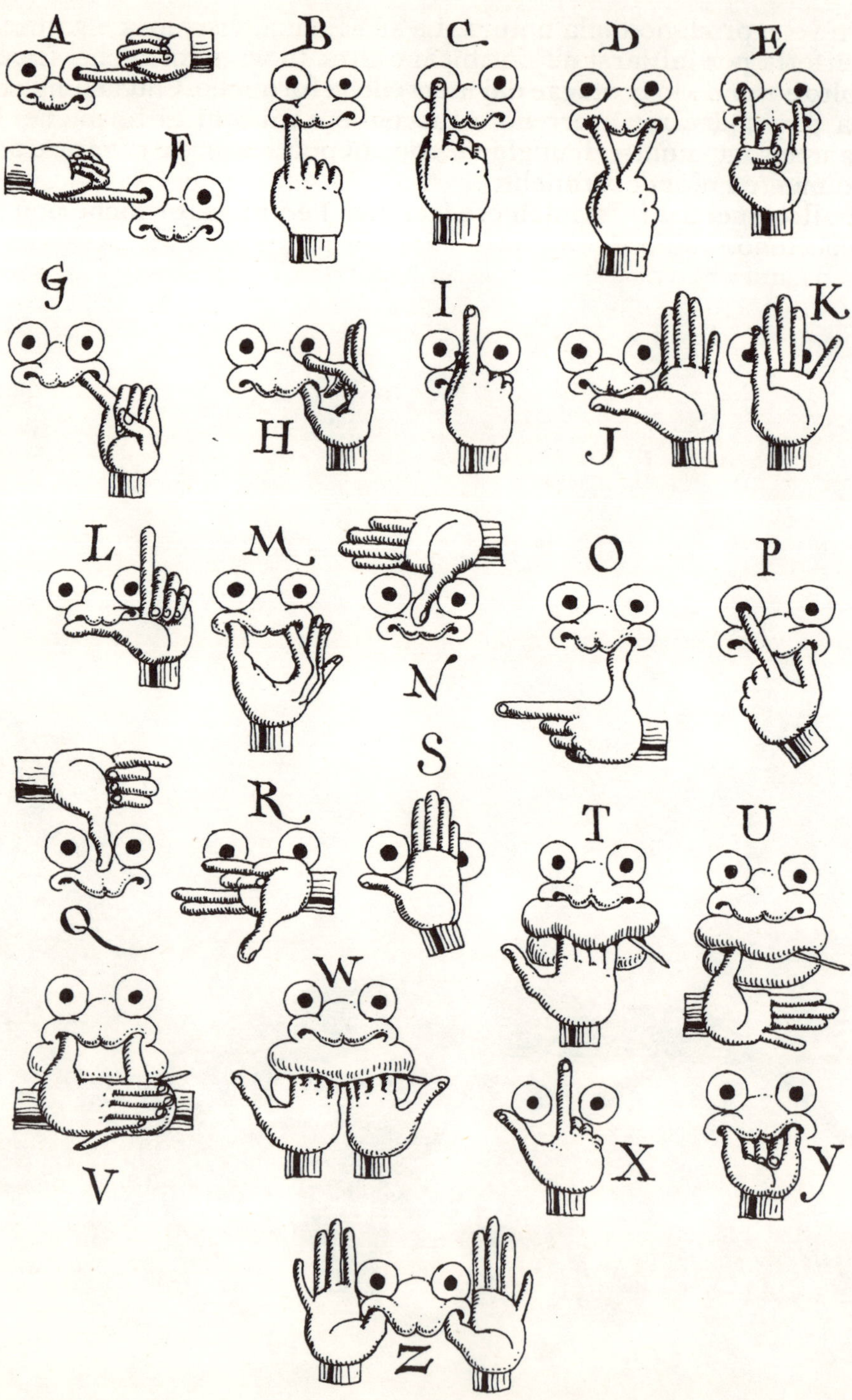

LA LINGUA

Su Stranalandia esiste una lingua ufficiale, l'Osvaldese, che conosceremo più avanti. È usata da Osvaldo solo per monologhi. Il mezzo che ha Osvaldo per comunicare con gli animali è invece l'alfabeto muto. Come noterete, esso è fatto di molti gesti, ma la base di tutto sono le dita nel naso. Per questo su Stranalandia "non metterti le dita nel naso" vuole dire "stai zitto". Se volete imparare questo alfabeto, ricordate di tagliarvi le unghie. Le lettere e i numeri della scrittura osvaldese sono riprodotte alle pagine 32 e 33. La scrittura va da sinistra a destra o da destra a sinistra, o dall'alto in basso o viceversa. Le maiuscole si fanno facendo le lettere dieci volte più grandi.
Provate e

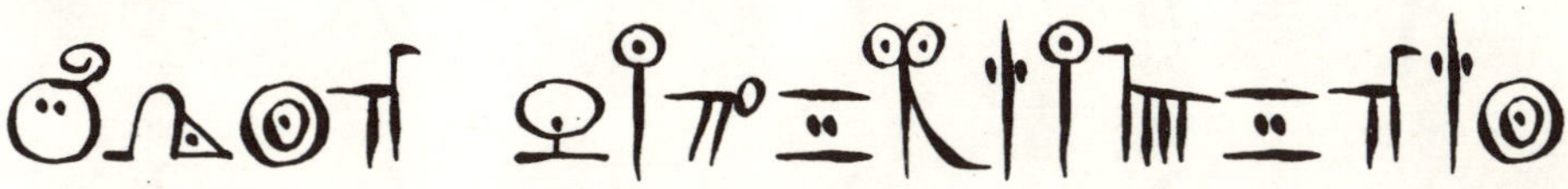

ALFABETO OSVALDESE

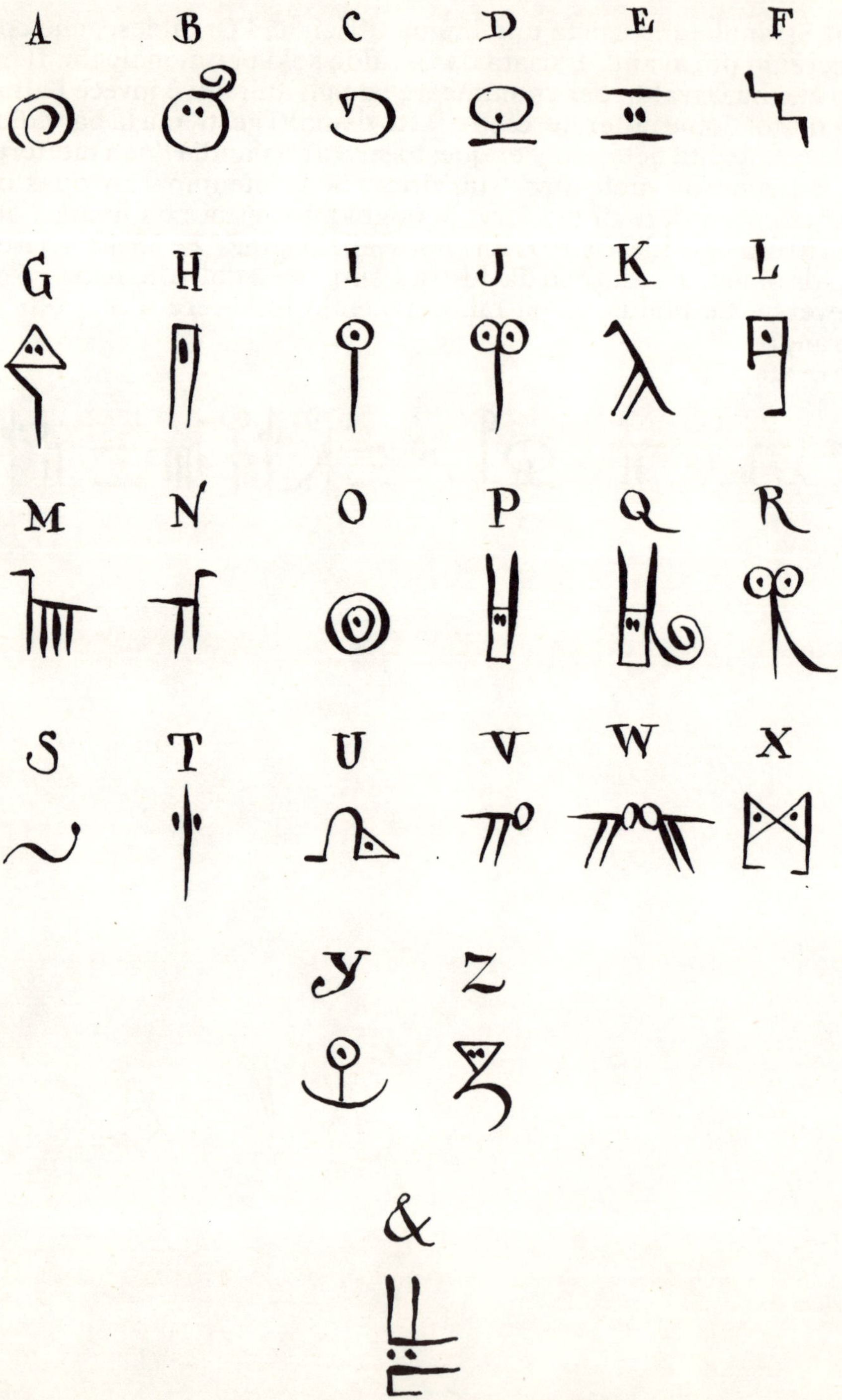

NUMERI OSVALDESI

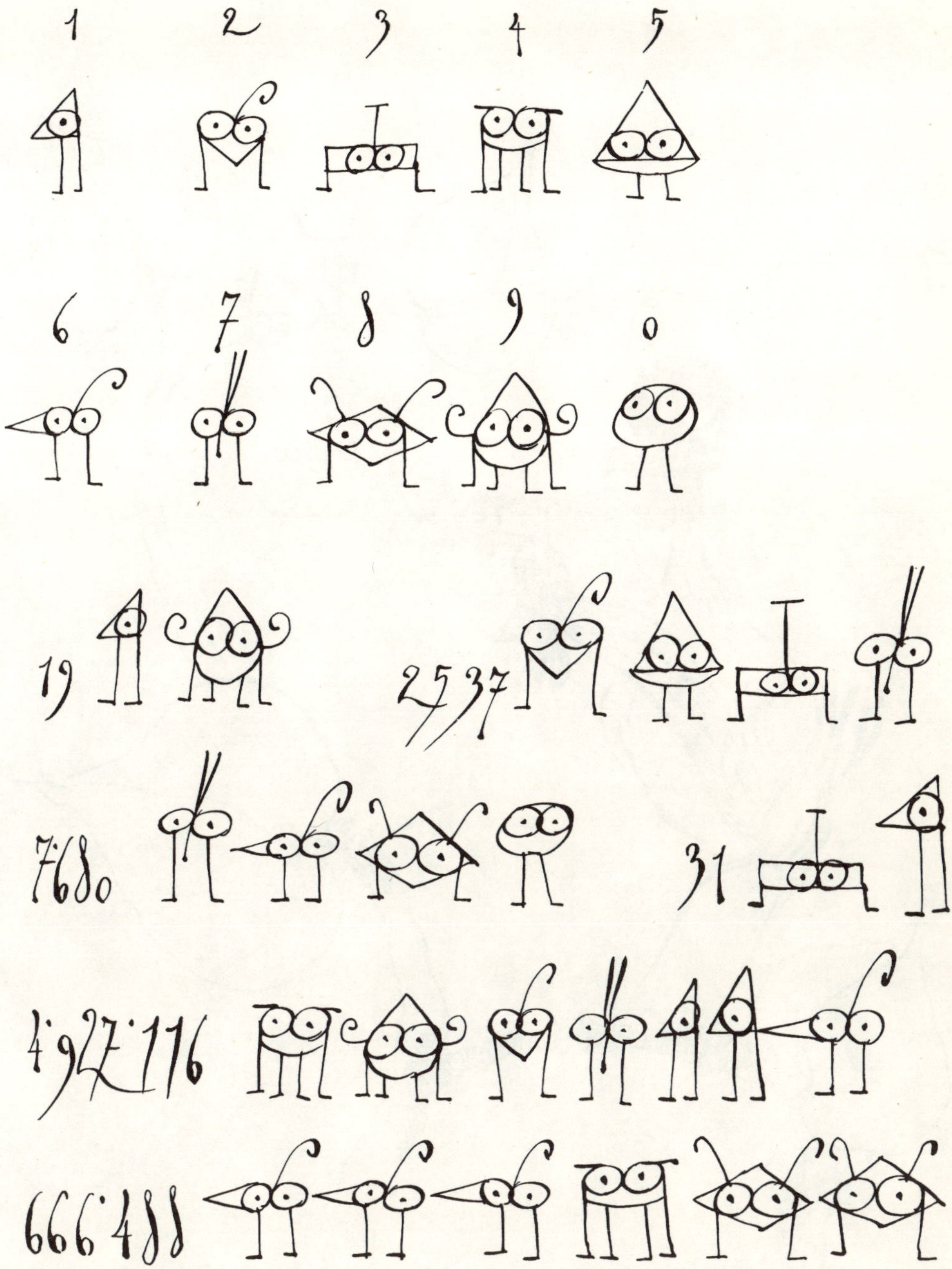

IL BIRD-JOCKEY

IL BIRD-JOCKEY

Jocking bird

Il bird-jockey è un uccello che non sa cantare, ma fa cantare gli altri uccelli. Li annuncia con urla e alte strida e inframezza il loro canto con slogan pubblicitari. Verso mezzogiorno (ora in cui si scatenano i bird-jockey), il bosco è percorso da un frastuono assordante. Sugli alberi decine di uccelli di provincia, venuti a cercar fortuna, attendono il loro turno per un'audizione. Anatre cantautrici e passeri chitarristi provano tra i cespugli. Anche i gufi più seri sono pronti a pettinarsi con i ciuffi più clamorosi, pur di essere ammessi a un provino. Il bird-jockey intanto fa cantare cinquanta volte di fila un uccellaccio stonato strillando "sentite che meraviglia!"
Ecco com'era la hit-parade di Stranalandia dell'estate del 1907:

1) *Chiacchiere, chiacchiere* (I pappagalli Laverdure)
2) *Io e te sulla boa* (I gabbiani roventi)
3) *Tango del migratore* (Astor Cicogna)
4) *Paganini: cantabile* (The robins)
5) *Verme!* (Baby allodola)
6) *Dancing in the night* (I Gufo brothers).

GLI SCARAFAGGI RIPARATUTTO

GLI SCARAFAGGI RIPARATUTTO

Su Stranalandia non c'è problema di meccanica, idraulica o carpenteria che non possa essere risolto da questi animaletti. Arrivano, riparano, e in cambio chiedono solo qualche foglia di insalata. Se non gliela date, vi pungono (hanno anche un sindacato).
Ne vedete qualche esemplare (da sinistra a destra e dall'alto in basso): il Bullonio reale, abilissimo nell'intrufolarsi dentro ai motori; il Pinzário, grande divoratore di fil di ferro; lo Scarabeo tubista, col becco a chiave inglese, specialista nel riparare le tubature. E poi il Trapanarius trivella, grande esperto del legno e del sughero. Infine, il bellissimo Scarafaggio trinciatore che sa potare alberi, tagliare fili e pulire il pesce.
Per queste qualità gli scarafaggi di Stranalandia sono molto stimati. Negli alberghi dell'isola infatti si usa protestare così "È una vergogna, nella mia camera non c'era neanche uno scarafaggio: dica al cameriere di portarmene subito quattro!"

LA GALLINA INTELLIGENTE

LA GALLINA INTELLIGENTE

Coccodesia proffia

A Stranalandia è impossibile usare l'espressione "stupido come una gallina". Le galline di quest'isola sono infatti molto intelligenti e colte. Se ne accorse Lupus, quando si avvicinò a un pollaio con un po' di granturco in mano ripetendo "coccodé coccodé". La risposta che una gallina gli diede fu la seguente:
"Noi non sappiamo, signore, perché lei ossessivamente ribadisca questo suo trisillabo ossìtono, ma se con esso lei vuole stabilire una qualsivoglia primitiva forma di comunicazione col nostro ecosistema sappia che, pur essendo noi grandemente interessate allo studio dei nuclei linguistici aborigeni, abbisogniamo altresì nelle nostre conversazioni di una complessità di sintassi e di una flessibilità terminologica ben superiore a quella da lei attualmente esibita."
Lupus chiese scusa, si presentò, e da allora in poi si recò spesso dalle galline a prendere il tè di granturco e a disquisire su argomenti filosofici, antropologici e gallinologici.
Le galline stranalandesi sono particolarmente portate alla filosofia e alla letteratura. In filosofia, asseriscono che l'uovo è il principio fondamentale dell'Universo e che il bianco e il rosso, il liquido e il denso, sono gli elementi fondamentali della materia. Alla domanda: ma è nato prima l'uovo o la gallina? rispondono: noi vi abbiamo forse mai chiesto se Adamo ed Eva erano bambini o adulti? In campo letterario la loro scrittrice preferita è Galina Galinovic, una gallina poetessa autrice di odi sublimi tra cui questo "lamento della gallina":

IL LAMENTO DELLA GALLINA

Coccodé? Fallo te
Arrosto no
e neanche bollita
voglio far la mia vita
ed esser felice
non voglio far la gallina
voglio fare l'attrice

Sì le altre lo so
non la pensan come me
s'accontentan stan lì
coccodé coccodé
chicco a me chicco a te
vivono ingrassano
mangiano cagano
per aver nel futuro
un posto sicuro
sdraiate, alla fine
tra le patatine

LA GALLINA INTELLIGENTE

No, non ci sto
con quelli che dicono
ci verresti a fare
il bagno in piscina
e ti ritrovi nel brodo
il tuo, di gallina

vorrei una vita varia
estetista segretaria
tabaccaria gelataria
hostess ballerina
ma non gallina

non potete capire
c'è una parte di me
che è piena di angoscia
(e voi mi chiedete
se è l'ala o la coscia!)

coccodé?
fallo te!
il cervello piccino
ce l'hai tu, tacchino!
vita nuova
mai più uova!

voglio far la mia vita
ed esser felice
non voglio far la gallina
voglio far l'attrice

IL GATTACIELO

Micius panoramicus

Bellissimo gatto dal lungo collo. Gli serve per fare la serenata alla gatta sul tetto senza dover salire sul tetto.

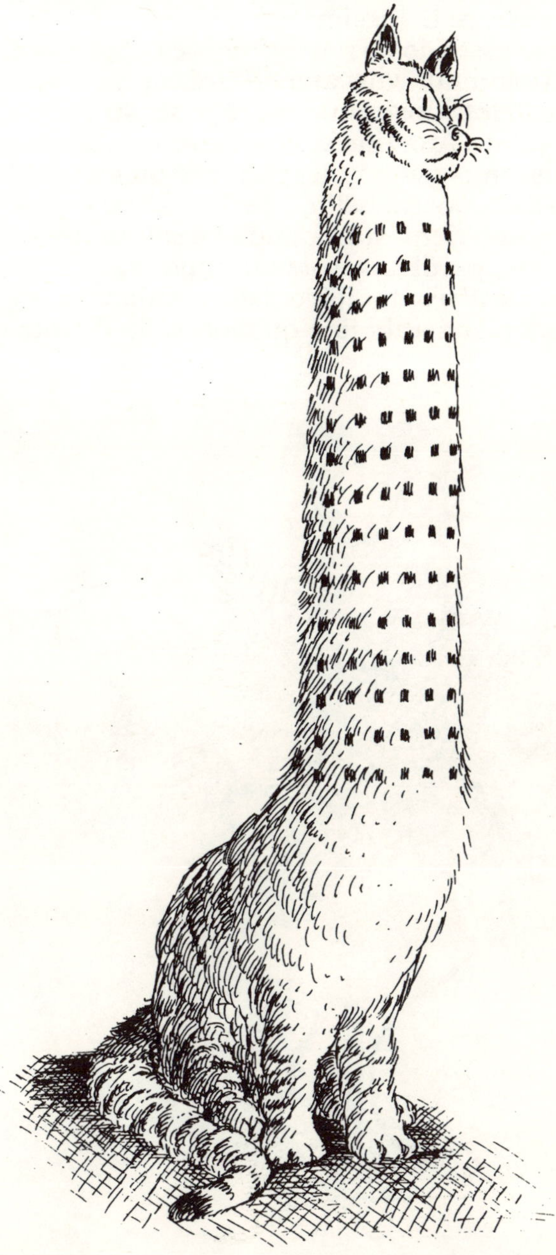

IL FROTZ

Frotzus floricefalus

Animale molto romantico che ama portare ogni giorno grandi mazzi di fiori alla sua bella, la frotza. Poiché su Stranalandia ci sono molti frotz, i fiori dell'isola si sarebbero rapidamente esauriti se la natura non avesse posto rimedio. Il giovane frotz è così provvisto sulla testa di un pelo ruvido che poco alla volta si riempie di terra, e su cui iniziano a crescere bellissimi fiori.

Ed ecco il problema: essendo il frotz un vero e proprio omaggio floreale vivente, molti animali volevano offrire un frotz alla loro anima gemella. Perciò i frotz dovevano vivere nascosti per paura di essere catturati e regalati. Alla fine si pervenne a un accordo: a Stranalandia i frotz possono essere noleggiati per un giorno. Li accompagnate nella casa della vostra bella, o bello, e se ne stanno immobili in salotto per il tempo richiesto, dopodiché salutano e se ne tornano a casa. Attenzione, però! Un frotz non può mandare un frotz a una frotza: sarebbe un affronto. Il frotz deve andare lui stesso dalla frotza: se no la frotza si arrabbia e quando vede il frotz gli tira il frotz in testa.

LO SCALARIO

Scalarium gradinatus

Animale molto cortese che vive nella prateria fioraiola di nord-est. In questa prateria si trova un fiore molto pregiato, il wuzzum, che assomiglia a un vecchio calendarietto profumato da barbiere; i suoi petali possono essere sfogliati e in ognuno c'è un disegno diverso. Il wuzzum è alto circa due metri, per cui nessun animale potrebbe ammirarlo o sfogliarlo se non ci fosse lo scalario. Lo scalario sta tutto il giorno fermo ai piedi del fiore e lascia che gli altri animali lo scalino, e salgano sulla testa-belvedere per ammirare il fiore. (Si notino le caratteristiche corna-corrimano dello scalario e la coda con cui sgambetta chi gli è antipatico.)

IL BABONZO

Babonzus beota

Animale dotato di due paia di piedi orientati nelle opposte direzioni, per cui può camminare solo lateralmente. La coda si srotola ed emette un suono di trombetta ogni volta che il babonzo respira. Sulla testa, il babonzo ha un'escrescenza da cui esce una mano, che esprime tutti i sentimenti babonzici in quanto la faccia del babonzo ha sempre la stessa espressione (un po' ebete).
Il verso del babonzo è il seguente: "KREWTEWKEWEUKQUEQUE-TRKWEKWEKWEKTREKUEKUETREWQUEKWSTWEKEK" (provate a farlo voi).
Particolarità del babonzo: unico al mondo questo animale rimpicciolisce invece di crescere. Il piccolo babonzo pesa alla nascita più di duecento chili (quattro osvaldi) e la madre (figura in basso a destra) ha bisogno di una scala per poter covare l'uovo.
Col passare degli anni il babonzo diventa sempre più piccolo: un bimbo babonzo è almeno sei volte più grande del babbo babonzo e venti volte più grande del nonno babonzo. Nella figura in basso a sinistra vedete un nonno babonzo che deve fare ricorso a tutte le sue forze per portare il gelato ai nipotini. Un babonzo di cento anni è grande come un ditale e non muore: dopo un po' non lo trovano più.

L'AVVOLTOIO VOLATORE

Vultur giravolans

Per l'ampiezza delle sue ali nere, è un grande volatore. Anzi, come lui stesso ama dire, "sente l'aria che tira", sa sfruttare i venti favorevoli e quelli contrari.
Se siete in difficoltà, lo avrete come nemico. Con i deboli è aggressivo, maldicente, sprezzante. Se siete potenti, o sulla cresta dell'onda, l'avvoltoio invece vi volerà subito vicino mellifluo e servile per farvi complimenti, adularvi, e dire che lui l'ha sempre pensata come voi. Dopo che è passato il corteo di chi comanda, ci sono sempre per terra un po' di piume di avvoltoio. Ma attenti: cambia il padrone, ed ecco che l'avvoltoio vola subito nel nuovo corteo.
Gli avvoltoi volano sempre in branchi e il loro colore preferito è il nero di rigore. Un proverbio di Stranalandia però dice: "È meglio avere al fianco un solo amico straccione che cento avvoltoi in smoking." Su Stranalandia sono davvero strani!

IL CERVO POMELLATO

Cervus mutus

Per le sue corna molto grandi e piene di ramificazioni è assai richiesto alle feste. Tutti infatti lo usano per attaccarci giacche e cappotti. Lui però non si diverte molto.

LE TRE SIRENE

LE TRE SIRENE

Sull'isola abitano tre sirene: Maria Delfina (fidanzata di Osvaldo), sua madre Marilena (Maria Balena) e la figlia di Delfina, la piccola Mariovalda, che, benché Osvaldo faccia lo gnorri, gli assomiglia come una goccia d'acqua. Le tre sirene vivono nella baia Tufail, in un'elegante grotta sottomarina a trenta metri di profondità. Kunbertus le andava spesso a trovare, scusandosi di non potersi trattenere a lungo. Anche se la leggenda narra della voce melodiosa e incantatrice delle sirene, le nostre erano tutte e tre stonate come un granchio. Conoscevano però molte canzoni del fondo marino. Una volta cantarono questa a Lupus:

CANZONE DELLE SIRENE

Amor se mi vuoi bene
non condirmi col limone
attento alle sirene
metà pesce sono ma
anche donne per metà

scendi giù: ti bacerò
tra le alghe ed i coralli
senza fiato resterai
così sono i baci miei

però amor se mi vuoi bene
non condirmi col limone
stai attento alle sirene
metà pesce sono ma
anche donne per metà.

I COCKTAILS DI OSVALDO

Osvaldo, per dissetarsi durante le calde giornate di Stranalandia aveva inventato svariate bibite alcoliche e no. Kunbertus riuscì a farsi dare da Osvaldo queste ricette:

BANANA BOAT (cocktail nutriente):
10 litri di acqua dolce; quaranta banane pelate ben mature; un litro di alcool puro; una scarpa da tennis.
Lasciar macerare il tutto per una notte e bere con molto ghiaccio.

ANANAS FANTASY (dissetante):
1/4 succo di Ananas; 1/4 succo di Ananas; 2/4 succo di Ananas; una buccia di Ananas, e una spruzzatina appena di succo d'Ananas.
Servire fresco dentro un mezzo Ananas guarnendo con foglie di Ananas.

NAUFRAGIO (bibita ottenuta con i relitti di navi affondate che il mare aveva portato su Stranalandia):
1/4 di rhum del 1856 della riserva del brigantino "Bonito"; 1/4 di acquavite della riserva del mobile-bar del pirata Morgan; 1/4 di chinotto 1786 della riserva del pirata Jean Narvalo Badoit l'astemio; 1/4 di boccetta di profumo "Violetta di Sanremo" della borsetta della figlia del Corsaro Nero.
Mettere il tutto in una bottiglia, agitare, chiudere e buttarla in mare.

TIRAMI SU o Fuego d'OsvAldo (corroborante ed energetico):
1/3 rhum di banana a 180 gradi; 1/3 lava liquida del vulcano Nonnopera; 1/3 di spremuta di peperoncino gigante. Aggiungere due foglie di coca, uno schizzo di tabacco e pepe a volontà.
(Bere, accendere la pipa e partirete ai duecento all'ora facendo fuoco dal sedere.)

MARE E TERRA o You and me (cocktail che Osvaldo inventò per offrirlo alla sua fidanzata, la sirena Maria Delfina):
1/2 acqua salata di mare; 1/4 inchiostro fresco di seppia; 1/4 vodka.
Guarnire con un ramo di corallo.

MARTINI SECCO (Dry Martini):
2 chili di sabbia; 1 tappo di Martini.
(Nota di Osvaldo: più secco di così si muore.)

LO SRIMOJ DELL'ANANAS

Sananas srimoj

Animaletto molto timido che vive nascosto dentro gli ananas; la sua capigliatura verde viene scambiata per il ciuffo di foglie del frutto. L'unico modo per farlo uscire dal suo rifugio è mettersi a urlare: "Adesso mi faccio una bella macedonia di ananas." Lo srimoj, terrorizzato, mette fuori la testa, come vedete nel disegno che il professor Kunbertus eseguì, appunto, con questo trucco.

IL MERENDOLO

Panburrus marmellatus

Esce dalla tana verso le otto di mattina o verso le cinque del pomeriggio. Va a tuffarsi nei piccoli "laghi dolci" della prateria fioraiola. Il lago più grande è il lago del tè, ma ci sono anche due laghi di caffellatte e cacao. In questi laghi i merendoli amano restare a mollo per ore e ore.
I merendoli sono di diverse razze (i più numerosi sono quelli alla marmellata d'amarena). In montagna abitano i merendoli al mirtillo, sul mare abitano i Crostini, che sono merendoli al burro abbronzati dal sole. In campagna vivono i merendoli al salame: piuttosto grossi e goffi, vengono spesso presi in giro dagli altri merendoli. Hanno però un loro lago in esclusiva, il lago Barolo.
Del tutto particolare è la tribù dei Sandwich, merendoli selvaggi con il corpo decorato da strisce di maionese, peperoni, disegni a colori variopinti. Vivono nelle grotte al fresco (altrimenti la maionese si rovina) e adorano la Grande Tartina, che secondo loro scese dal cielo milioni di anni fa e diede inizio alla vita sulla Terra.

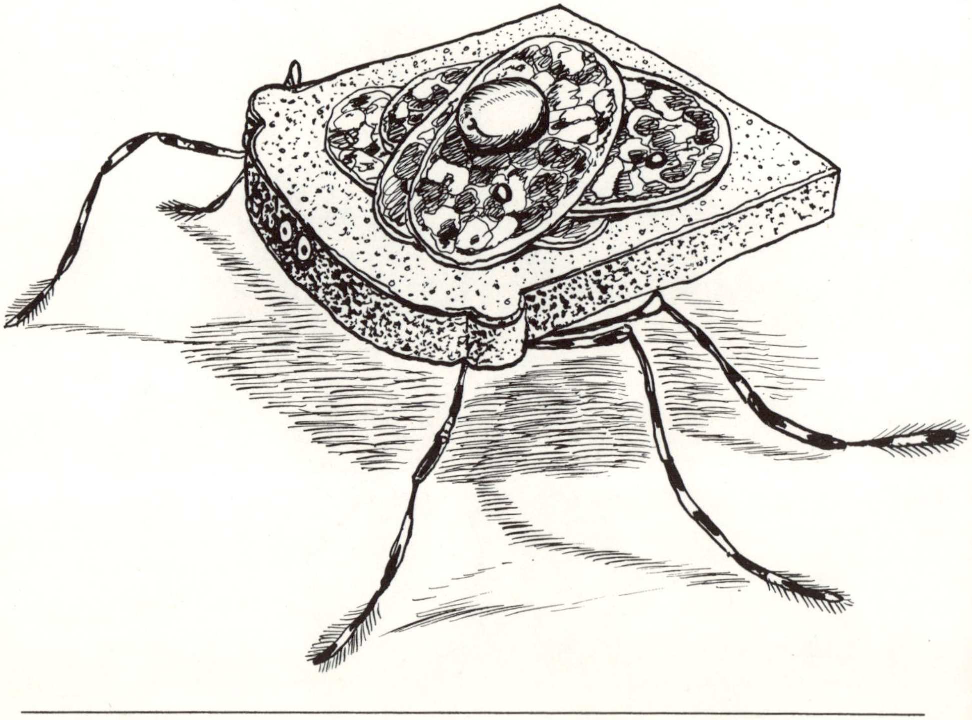

IL GOGOTORINKOMOTO

Gogorincus bruclin

Assomiglia a un ornitorinco, ma al posto delle zampe palmate ha le zampe rotellate, vale a dire munite di schettini. Con esse può raggiungere la velocità di quaranta osvaldi all'ora. Ama ascoltare musica da un registratore con cuffie.
Il suo verso è costituito da due sole parole: Niù (sì) e Iórk (no). Altro non sa dire.

IL BIRONE

IL BIRONE

Longobiro meteoropaticus

Animale dal collo lunghissimo (anche 50 osvaldi!) che abita sugli scogli del Capo Lumaca. Vivendo praticamente con la testa in mezzo alle nuvole, è assai meteoropatico, sente cioè tutti i cambiamenti di tempo. Perciò sull'isola, quando si vuole sapere che tempo farà, si scruta il comportamento del birone. Sono nati al riguardo molti proverbi. Ad esempio:

Bironi ghigno mestu
s'apprista timpestu.

(Se il birone ha l'aria mesta: è in arrivo la tempesta.)

Si Bironi bogo snasizza
s'apprista schiarizza.

(Se il birone nel naso ha le dita / sta arrivando la schiarita.)

Bironi ahi cappellu
oye bruscu oye bellu.

(Se il birone si mette il cappello / o fa brutto o fa bello.)

Si ziga Bironi
certulio sciacquoni.

(Se piange il birone / sicuro un acquazzone.)

Si bironi cri cartullinas
autonno s'appristinas.

(Se il birone scrive la cartolina / l'autunno si avvicina.)
Questo proverbio deriva dal fatto che, in autunno, il birone emigra, e quindi avverte con una cartolina la famiglia d'origine che sta arrivando.

Si ddiri bironi
nisi ahi televisioni.

(Non dire birone / finché non c'hai la televisione.)
Proverbio che significa più o meno: indovina pure il tempo dal birone, ma è sempre meglio se guardi le previsioni del tempo in televisione.

IL TOPO CAGONE

Mus rim rim

Il mistero di questo piccolo roditore non è mai stato chiarito. Non c'è infatti proporzione tra quello che entra e quello che esce da questo animaletto. Se mangia tre ghiande, la mattina dopo deposita sulla spiaggia una torta di tre quintali.
Il professor Kunbertus, con la solita intrepida curiosità scientifica, catturò uno di questi topi e lo nutrì con una sola nocciolina. La mattina dopo si svegliò in cima a una montagna di tre metri: il topo cagone aveva colpito durante la notte.

IL CAMALEONTE ESIBIZIONISTA

Chamaleon narcisus

È noto che i camaleonti sono abilissimi a mimetizzarsi, cioè a nascondersi prendendo lo stesso colore del fogliame o della terra su cui si trovano. Solo il camaleonte esibizionista, o narcisoleonte, si comporta diversamente. Se si trova su una foglia verde, diventa bianco a pallini rossi, se si trova su un muro bianco diventa di tutti i colori e brilla come un albero di Natale. Fa insomma di tutto per farsi notare. Chissà se fatica di più lui o gli altri camaleonti?

a e i o u
1 2 3 4 5 6 7 8 9 0

IL CUBOLO

Cubulus dadus

Animale che vive sulle pendici del vulcano Nonnopera, da cui ama quadrotolare giù. È dotato di zampette e sa camminare anche in pianura. Si ciba di radici quadrate e di dadi da brodo.
Quando vuole dormire, assume la caratteristica posizione "a sviluppo", nella quale si apre e si appiattisce in tutte le sue facce. Dorme sempre su un foglio di quaderno a quadretti. I cuboli sono molto socievoli e amano trovarsi in gruppi per giocare a fare i castelli.

LA BALENINA ROSSA

Mini Dick

Nel mare di Stranalandia vive la più piccola balena del mondo. Misura appena un microsvaldo (sette centimetri), ma è completa di tutto: fanoni, coda e sfiatatoio. È di colore rosso vivo: Osvaldo spesso la cattura e la mette dentro un vaso di vetro. Ha così una vita più sicura delle sue colleghe giganti (cacciate e sterminate senza pietà): una vita però ben noiosa e triste.
Come le altre balene, le balene rosse minidick si lanciano richiami attraverso miglia e miglia di oceano. Lupus studiò questi segnali e alla fine riuscì a decifrare questa canzone, che udì cantare da una grande balena megáttera in una notte di luglio:

LA BALENA INNAMORATA

La balena
piangeva da far pena
cantava ad un gabbiano
l'amore è strano
e passa in un baleno

lo incontrai
lo avevo cercato
per mille miglia
di oceano gelato
l'ho guardato
poche occhiate
e son state
ondate
(voi non sapete
cosa può capitare
se due balene
si lasciano andare)

ma poi sparì
forse arpionato
ucciso inscatolato
o forse è lui
che se ne è andato
si era stancato

La balena
piangeva da far pena
cantava a un gabbiano
l'amore è strano
e passa in un baleno

e quando forte
il naso soffiava
tutte le volte
una nave affondava

un cuore grande
pieno d'amore
quando si spezza
fa più rumore.

IL PAPPAGATTO

Cocomicius technicoloris

Animale molto grazioso, dai colori vivacissimi: ricorda un po' il pappagallo e un po' il gatto. È molto socievole, e può essere tenuto in casa su un trespolo (ma senza catena!). A differenza del pappagallo, che ripete meccanicamente quello che sente, il pappagatto (essendo anche gatto e quindi animale libero e indipendente) dice sempre quello che gli pare. Esempio di una conversazione tra Maramito, il pappagatto che Kunbertus tenne con sé in casa tre anni, e il professore:

Kunbertus: Buongiorno Maramito.
Maramito: Maramito è appena uscito.
Kunbertus: Maramito bello mangia brustolino.
Maramito: Il brustolino se lo mangi lei.
Kunbertus: Maramito bello bello bimbo.
Maramito: Maramito ha cinquant'anni e perde le penne.
Kunbertus: Maramito vuole acquettina.
Maramito: Maramito preferisce birrona.
Kunbertus: Co coccó co coccó co maramito cocó.
Maramito: Prego?
Kunbertus: Cocó cocó maramito oggi contento.
Maramito: Maramito poco contento con padrone che parla sempre come uno stupido.

IL CANE DI OSVALDO

Fidus cansvaldo

Osvaldo ha un cane assolutamente straordinario, che gli tiene compagnia nelle lunghe sere di inverno. Il cane si chiama Roger Marcel Malousse Bellinò Joachim Rigolò ma tutti lo chiamano Biro. Notate: 1) la botticella al collo contenente limonata; 2) le orecchie porta - pantofole di Osvaldo; 3) la zampa sempre pronta nel caso del classico richiamo "da' la zampa, Biro"; 4) la coda a ventaglio per rinfrescare Osvaldo nelle notti afose.
Notate anche 5) che Biro ha il pelo a fluff. Questo pelo, quando è bagnato, si drizza formando una comoda e fresca tettoia contro i raggi del sole. Su Stranalandia, chi trova un Biro trova un tesoro.

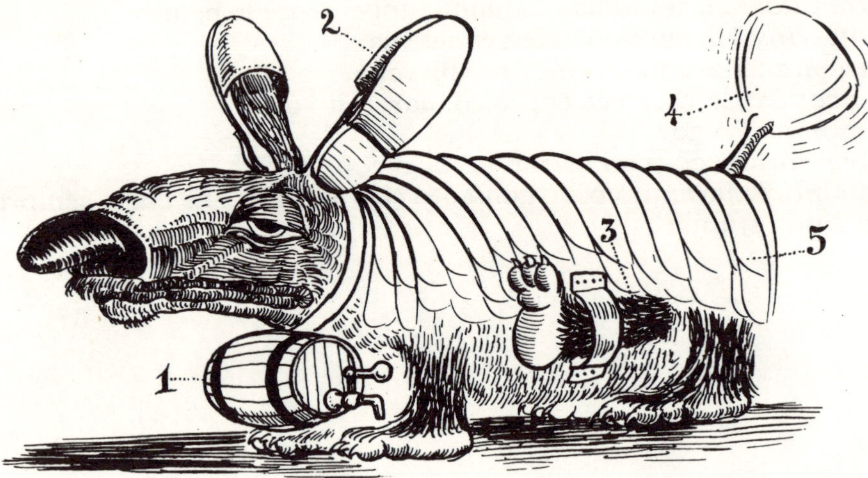

IL PAVAROTTO

Passerus cavaradossus

Nelle notti di luna i potenti acuti del passero Pavarotto tengono svegli gli abitanti di Stranalandia. Canta preferibilmente romanze d'amore. La sua preferita (la canta anche dieci volte per sera) è questa:

O potessi tornare
nella mia isola lontana
dove c'è la mia Rossana
che mi attende in riva al mar.

Tutti gli altri animali a questo punto urlano al Pavarotto di non lasciare più sola Rossana e di tornare nell'isola lontana, ma nonostante le loro richieste il Pavarotto continua imperterrito a cantare della sua Rossana nell'isola lontana e non se ne va mai.

IL WAKKASAKI E IL SIMMUKKENTHAL

Mukkamoto lattiferus, Manzus lattinatus

A differenza delle altre mucche, che sono, lente e silenziose, il wakkasaki è un'autentica iradiddio. Velocissimo, percorre rombando le strade dell'isola, dove il suo muggito a otto cilindri è tristemente famoso. È molto difficile riuscire a domare e a cavalcare un wakkasaki: ma se ci riuscite, avrete molti vantaggi: può ararvi un campo di grano in soli ventotto secondi, e portarvi da un capo all'altro dell'isola in meno di un'ora. Tutti i wakkasaki sono forniti di contagiri, contachilometri, e coda di scorta. Non consumano molto: con un chilo di fieno fanno anche ventisei chilometri.
Di tutt'altro tipo è il simmukkenthal, o simmukk. Questa mucca nasce già inscatolata. Quando è in branco, emette il caratteristico rumore, che le prime volte Lupus scambiò per rumore di campanaccio: in realtà è il rumore che i fianchi di metallo fanno scontrandosi tra loro.
La mucca in scatola non si mangia (anche perché non si trova un apriscatole abbastanza grande). Produce però molti prodotti deliziosi: latte in polvere, sottilette e mozzarelle plasticate. Riconoscente alle mucche di tutto il mondo Lupus, grande consumatore di formaggi, compose la seguente ode che è stata poi incisa su una roccia di Stranalandia:

LE MUCCHE

Le mucche
le mucche dormono
dentro la stalla stanno insieme strette
e con il fiato fan le nuvolette
e sognano
le mucche sognano
un cielo azzurro bianco come il latte
in cui decollano come farfallette
e volano
le mucche volano
sopra le nuvole dall'alto puntano
le naturali loro artiglierie
e poi bombardano le macellerie
ma poi si svegliano
le mosche ronzano
è già mattino
e le mucche pensano
le mucche pensano
al loro destino
cos'è la vita infine?
oggi siam qui, domani scaloppine.

IL MANGIAOMBRA

Melogattus sgranfianerum

Felino molto nocivo, in quanto mangia l'ombra delle piante. Quando è estate e le ombre sono più lunghe e appetitose, striscia dentro le piantagioni e fa delle vere scorpacciate, specialmente di ombra di palma, dopodiché gli altri animali di Stranalandia sono costretti a fare il loro sonnellino sotto il sole cocente.
Malgrado non sia aggressivo, spinto dalla fame, può anche attaccare l'ombra degli animali e una volta il professor Lupus, che si era addormentato sotto il sole, si accorse che un mangiaombra gli aveva portato via l'ombra di un piede. Fortunatamente scoprì che, su Stranalandia, le ombre ricrescono.

L'UCCELLO GELATAIO

Gelatarius alatus

Esistono a Stranalandia alcuni uccelli che beccano uova, latte e frutta e trasformano il tutto in ottimo gelato, rivendendolo poi a modico prezzo agli altri animali. Ecco nel disegno in alto il Cremolino, un uccello che produce crema e zabaione, con il caratteristico becco a coni e la coda a cannuccia di bibita. Sotto c'è il Picchio pannario, che produce panna per gelati e torte. Altri uccelli gelatai sono il Papero nocciolaio, il Corvo della liquerizia, l'Amarena reale, il Dindo tamarindo, il Beccaccino al rhum e il Fagiano tuttifrutti.

IL ROCKOLO

Avis Presley

È l'unico uccello al mondo che suoni accompagnandosi con la chitarra. Si riconosce per la caratteristica capigliatura a ciuffo imbrillantinata con olio di cocco. Molti rockoli non sanno in realtà suonare, ma attirano gente ai loro concerti per via dei numerosi effetti speciali: illuminazione con lucciole di vari colori, pappagalli che annunciano il concerto in tutta l'isola, piume di pavone come vestito di scena. Su Stranalandia non hanno molto successo, e vengono spesso presi a fischi e bananate. Ma ci sono anche rockoli che sono molto richiesti.
Il più famoso nell'isola era sicuramente il rockolo Ciop. Per un suo concerto bisognava appostarsi sui rami degli alberi almeno un giorno prima. Cantava rock duro e blues molto tristi che parlavano di amori, dolori e cacciatori. La sua chitarra era formata da una mezza cozza con corde di ragnatela (le migliori). Con il solo accompagnamento del suo batterista, il famoso Picchio "Raffica" Ginger, poteva stare in concerto anche tre ore.
Di lui Kunbertus trovò lo spartito di una ballata giovanile, il *Cincia riccia ciop blues.*

CINCIA RICCIA CIOP BLUES
(Ciop - Picchio - Gufo Edoardo)
in corsivo le parole del coro

Cip ciop
cip ciop rock
c'è una cincia
sull'acacia - *cip*
con le alucce
tutte ricce - *ciop*
cosa cianci
non c'inciampo
della cincia riccia
non m'innamorerò
rock rock rock *ciop cip ciop*

ma la cincia - *cip*
sull'acacia - *ciop*
incendiò come un cerino
il mio picciol cuoricino
lei non vuol cioccolatini
vuole solo cimicioni
se li mangia a scatoloni
nei cespugli più lontani
per la cincia riccia
ho cacciato cimicioni
rock rock ciop *cip ciop rock*

e la cincia - *cip*
dell'acacia - *ciop*
m'ha conciato - *cip*
come un cencio - *ciop*
m'ha piantato la mia cincia
dentro un dancing di provincia
per un ricco uccello lira
che ha di vermi una miniera
cip ciop rock *oh yeah I got the ciop*

su un cipresso canterò
il mio disperato rock
oh cip ciop ciop *ciop rock ciop*

LA FOCA GIOCOLIERA

Phoca palla

Sono le foche giocoliere più brave del mondo. Verso il crepuscolo è uno spettacolo andare alla spiaggia a vederle fare i salti mortali e le acrobazie di gruppo. Questo, però, non è frutto di improvvisazione. A Stranalandia ha infatti sede la UFG (Università Foche Giocoliere) a cui si iscrivono foche di tutte le isole vicine. I corsi sono molto severi e solo dopo tre anni di preparazione la foca ha il permesso di esibirsi sulla spiaggia. Kunbertus assistette ad alcuni esami, e rimase ammirato dalla bravura di allievi e maestri. Ecco, per chi volesse iscriversi, il programma del primo anno:

— Elementi di storia (storia dei grandi pagliacci)
— Giochi di palla uno (giochi in acqua)
— Nuoto acrobatico e sincronizzato
— Pallavolo
— Elementi di lancio del cerchio, del piatto e della clava
— Capriolologia (scienza della capriola)
— Acrobazia di gruppo e cadute comiche

Questo, per darvi l'esempio, fu un esame finale a cui Lupus assistette. (La commissione esaminatrice era formata da foche, delfini e trichechi.)

PROVA I (storia): il candidato ci dica quali erano gli elementi del gruppo trapezisti acrobatici "Diavoli Volanti".
PROVA II: il candidato tenga la palla sulla coda camminando a testa in giù, e la tiri nel canestro.
PROVA III: il candidato nuoti fino a una profondità di dieci metri a cavaturacciolo, e poi salti fuori prendendo al volo la palla tirata dal maestro.
PROVA IV: il candidato lanci e tenga in aria due minuti cinque ananas di cui uno flambé.
PROVA V: il candidato esegua una caduta comica da una sedia senza lasciar cadere un uovo dal naso.
PROVA VI: il candidato reciti la poesia *Piemonte* di Carducci.

Il candidato superò benissimo le prime cinque prove. Ma alla sesta (la poesia *Piemonte*) si fermò balbettando. La commissione rise: si trattava di uno scherzo: le foche giocoliere sono anche grandi burlone. Il candidato fu promosso con nove schiaffi su dieci, quasi il massimo (ogni maestro tira uno schiaffone di pinna all'allievo, in segno di voto favorevole).

LA BANANA STRANALANDESE

Banana strana

La banana di Stranalandia è alla base dell'economia dell'isola. Senza di lei la vita qui sarebbe molto dura. Osvaldo raccontò agli scienziati le 165 virtù della banana Strana, così come gli erano state tramandate dagli antenati. Ne citiamo alcune:

BANANA bollita: guarisce l'insonnia
fritta: dissecca i brufoli
arrosto: arresta la caduta dei capelli e dei baffi dei gatti
in umido: guarisce i reumatismi, i colpi di sole e di luna
seccata: fa vincere al lotto
cruda: si può cuocere
acerba: fa crescere i denti ai bambini
matura: fa ricrescere i denti ai vecchi
marcia: è un'ottima colla
intera: ci si fanno canoe, amache e poltrone
a fette: comodi sedili e ruote
la buccia: fa scivolare
in marmellata: fa dimagrire
spremuta: toglie le macchie di banana
alla coque: è afrodisiaca
distillata a grappa: fa cantare
usata come clava: allontana le zanzare.

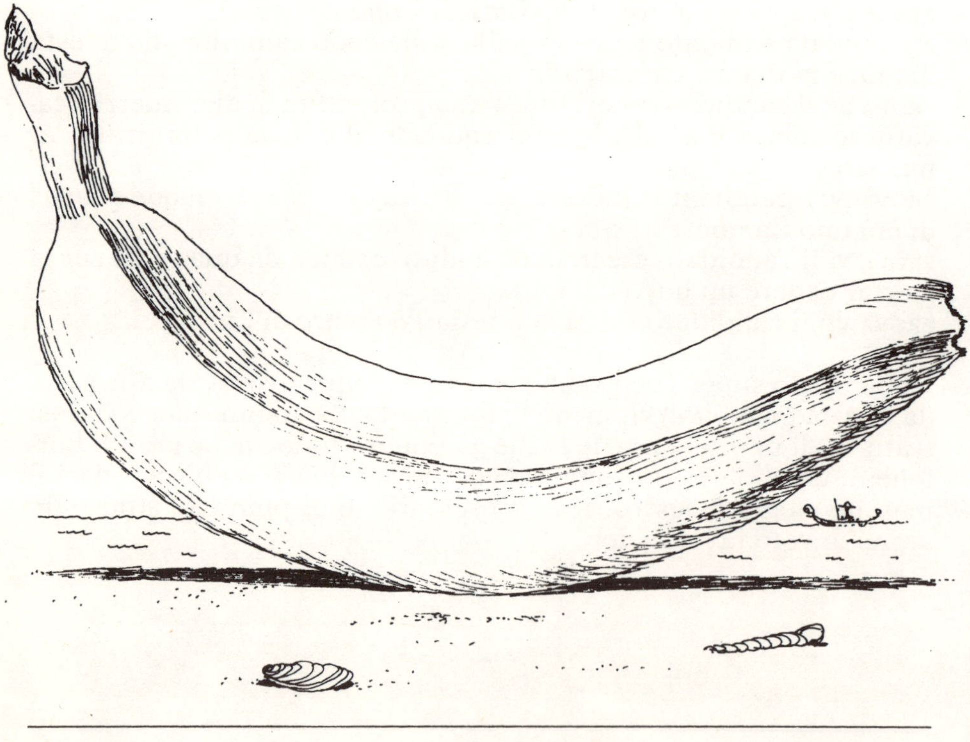

Non è facile dare un'idea della ricchezza della lingua stranalandese. Osvaldo, come abbiamo detto, preferiva esprimersi con l'alfabeto muto, ma aveva anche un linguaggio molto caratteristico. Eccone alcuni esempi:

I VERBI DI OSVALDO

Essere
(tempo presente: io sono, tu sei...)

sing.	osso
	osei
	josé
plur.	ossiamo
	ho sete
	ho sonno

Avere
(tempo presente: io ho, tu hai...)

sing.	o (stupore)
	ahi (dolore)
	aha (risata)
plur.	amo (con una mano sul cuore)
	a te (con un pernacchio)
	ah, no! (indignato)

Fare
(tutti i tempi: io faccio...; io farò...)

sing.	bogo	*plur.*	bogo
	bogo		bogo
	bogo		bogo

I GIORNI DI OSVALDO

Luvedì (giorno in cui Osvaldo raccoglie l'uva)
Mariedì (passeggiata con Maria Delfina)
mermeldì (Osvaldo fa le marmellate)
giochedì (giorno del poker con Lupus, Kunbertus e Biro)
vermedì (alla ricerca di vermi per la pesca)
sarago (tutto il giorno a pescare)
domanica (giorno di riposo in cui si rimanda tutto a domani).

O anche:

Lucidì (lucidare il pavimento di casa)
Mariedì (passeggiata con Maria Delfina)
merdedì (brutto tempo, giorno di depressione)
giochedì (sempre il pokerino)
volpedì (vista una volpe sulla collina)
sambato (suonato tutto il giorno il samba)
doremica (ancora musica tutto il giorno).

Si sarà notato che Osvaldo non dà un nome fisso ai giorni, ma li cambia a seconda delle cose che gli sono successe. La stessa cosa fa ogni anno con le stagioni:

LE STAGIONI DI OSVALDO

Primapera (il vulcano Nonnopera si risveglia e fuma dopo l'inverno)
Pestate (In estate tutti entrano in casa di Osvaldo a piedi nudi e gli riempiono di sabbia e pestate il pavimento)
Autonno (Mare cattivo, non si pesca, Osvaldo deve mangiare tonno in scatoletta)
Infermo (Osvaldo si becca l'influenza).

I NUMERI DI OSVALDO

uank = uno
uank uank = due
uank uank uank = tre
suank = quattro
suank uank = cinque
suank uank uank = sei
suank uank uank pank pank = sei meno meno
tiriuank = sette
tiriuank tiri = sette e mezzo
utuank = otto
nanauank = nove
dizuank = dieci
uank (cento volte) = cento
uank e un fischio = mille
un milione non c'è
zimmerfrei = zero

ALTRI VOCABOLI OSVALDESI

bogo = brutto
banzo = bello
bogo = molto
banzo = poco
bogo = dogana
banzo = parte del bogo che serve a tener su il bangolo
glo = bassa marea
glo glo glo = alta marea
osvaldemaister = bagnino
tonno = tonno
abagiura = medusa
croccacrosta = aragosta
zamparòn = astice
pretona = cernia

morbillola = triglia
kunberto = scorfano
madamazanna = murena
nigrilla = formica
nigrilleiro = formicaio
nirito = mangiato dalle formiche
niriboio = accidenti alle formiche
zinza = zanzara
matazinza = DDT (diditì)
zinzito = mangiato dalle zanzare
zinzimonio = insalata di zanzare e sedano
mani-mani = polipo
maro-maro = calamaro
manimari-manimari = antipastino di pesce
famazzo = squalo
uank uank famazzo = lo squalo numero due (film)

L'ALBATROS POETA

L'ALBATROS POETA

Aligiganto princinuvolo

Animale cui la natura ha riservato una ben strana sorte. Quando vola (figura in alto) è bellissimo, regale, slanciato. L'aria è il suo regno. A terra (figura in basso) è goffo, impacciato, ha difficoltà a muoversi. Perciò, se vedete un albatros poeta, attenzione: non deridetelo se è brutto e goffo. Forse è capace di volare là dove voi non arriverete mai, e diventare bellissimo.
Però è meglio controllare. Ci sono albatros che non hanno mai volato in vita loro, vivono benissimo a tèrra e sospirano "Ah, solo quando mi innalzo lassù mi sento vero". In realtà passano tutto il loro tempo a mangiare e a far salotto tra loro.
Il grande albatros poeta Princinuvolo a riguardo disse: "Non si può sempre vivere alzandosi da terra, ma ci sono troppi miei colleghi che si alzano solo da tavola!"

IL TAPUKA

IL TAPUKA

Tapuka dondolans

Animale che vive in delicato equilibrio sulla pancia: la sua parte anteriore è infatti perfettamente bilanciata con la parte posteriore, e così procede lentamente, dondolandosi. Sulla punta della coda il tapuka ha una pallina nera rilucente. Per questa pallina di appena mezzo grammo, gli uomini gli danno una caccia spietata: la pallina è infatti un bottone molto pregiato per le pellicce (ci vogliono sedici tapuka per abbottonare una pelliccia!).
Il tapuka, una volta che i cacciatori gli hanno tolto la pallina dalla coda, perde l'equilibrio, poiché la parte davanti pesa più della parte di dietro. L'animale cade col muso a terra e non riesce più a rialzarsi. Così stanno estinguendosi i tapuka.

IL PESCEMOBILE

Woom woom fish

Un brutto giorno nelle limpide acque di Stranalandia arrivò una colossale macchia di petrolio. Bastò perché dall'inquinamento nascesse questo pescemobile, un pesce che va a benzina. Lo si pesca attaccando all'amo dieci cambiali da un milione. Vive in grandi branchi che si spostano tutti insieme emettendo un gran rumore di clacson. Il clima in questi branchi è di grande nervosismo, e spesso i pesci si azzuffano tra di loro per futili motivi.

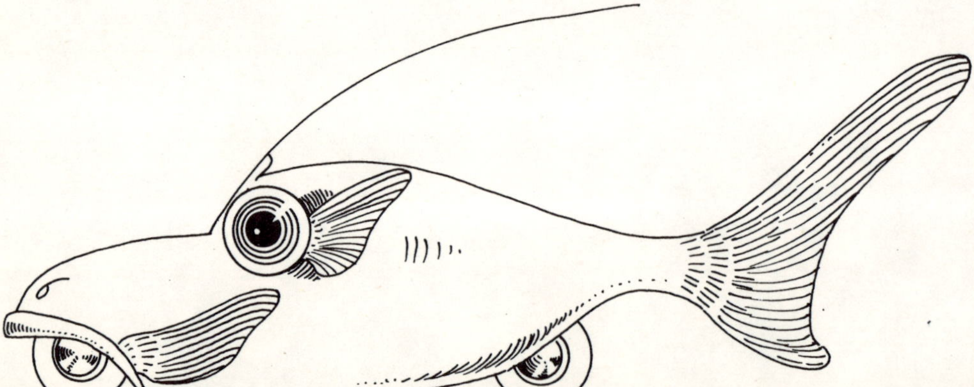

L'ELEFANTE IN BRODO

Pachiderma passatellus

Dopo l'elefante indiano e l'elefante africano, che rientrano nella classe degli elefanti asciutti, ecco l'elefante stranalandese, l'unico elefante in brodo esistente al mondo. Vive in una scodellona di brodo di dado in cui si diverte a sguazzare e giocare. D'inverno va in letargo nella gelatina.

IL GORILLA VAICHESEI

IL GORILLA VAICHESEI

Go-go gorilla

Scimmione grosso e muscoloso, per natura pigro e pacifico, costantemente assillato da due uccellini. Uno è il "Vaicheseiforte", un uccellino verde che gli vola sulla testa e gli ripete: "Vai che sei forte gorilla, vai che sei il meglio, vai che puoi stendere tutti, vai che quello ti sta ridendo dietro, vai che quello c'ha una faccia che non mi piace, vai che se no ti sorpassa, vai che a quello gliela fai vedere tu, vai che a te non ti frega nessuno."

Dopo un po' di questa musica il gorilla parte e picchia e spacca e mena e rompe e fracassa e spezza e minaccia e gonfia i bicipiti e alla fine è stanco morto e l'uccellino è sempre lì.

Finché ha il Vaicheseiforte posato sulla testa, il gorilla non riposa mai, non fa che attaccar briga e litigare, e si rovina la salute. Si salverà solo se arriva un altro uccellino, il "Vaicheseiscemo". Il Vaicheseiscemo scaccia il Vaicheseiforte dalla testa del gorilla e comincia a dire: "Vai che bell'impresa picchiare uno più debole, vai che sei scemo, vai che invece c'aveva una faccia simpatica, vai che cosa vuoi dimostrare, vai che c'è il sole." Allora il gorilla si calma, ripone la clava e dopo un po' gli torna anche il sorriso, che anche se è un sorriso da gorilla non è tanto male.

LO SBRONZOLO

LO SBRONZOLO

Vespillionio briacus

Insetto simile a una grossa ape, da cui si distingue per il naso rosso. Ciò è dovuto all'abitudine dello sbronzolo di non portare all'alveare il miele raccolto nei fiori, ma di berselo tutto prendendo delle storiche sbronze. Il miele dei fiori di Stranalandia è infatti ad alta gradazione alcolica: i vini di miele più pregiati sono i rossi (papaverone e barolo di giaggiolo) e i bianchi (sangiglio) oltre alle grappe di ciclamino, di nasturzio e di begonia.
Lo sbronzolo è a volte fastidioso: non punge, ma si scontra. È cioè facile che, durante una sbronza, non riesca a dirigere bene il volo e vi piombi sulla faccia, acciaccandovi un occhio. Kunbertus fece uno studio accurato (vedi sotto) sul volo dello sbronzolo, e vide che la traiettoria mutava a seconda del numero dei bicchieri (fiori) succhiati.

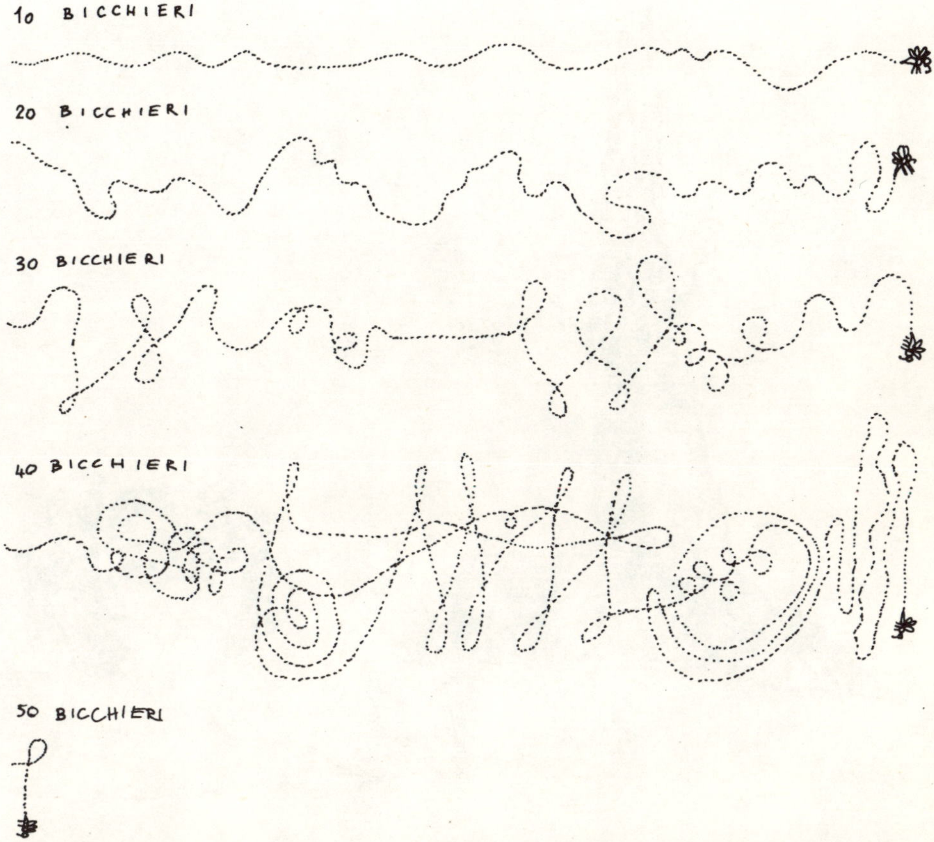

L'ALBERO NUVOLA

A Stranalandia c'è un albero talmente alto che non lo si può misurare, perché la cima si perde tra le nuvole. Anzi, non si è nemmeno sicuri se la sua chioma sia di foglie o di nuvole. Dall'albero cade un enorme frutto giallo, il "bombero". Ogni frutto è deliziosamente fresco anche d'estate, perché lassù dov'era attaccato c'è evidentemente una temperatura da frigorifero.
Alcuni frutti cadono a terra spaccandosi, ed è consigliabile non prenderli in testa. Altri, invece, misteriosamente arrivano giù con il paracadute (una grossa foglia che ne frena la caduta). Questo fece avanzare a Lupus la tesi che sulla cima dell'albero nuvola ci siano degli abitanti. Osvaldo riferì che parecchie volte aveva visto scendere dalla cima dell'albero nuvola aeroplanoni di carta, ma non si riuscì mai a trovarne uno.

UNA LEGGENDA DI STRANALANDIA

Racconto di Osvaldo

Un giorno Pancatantrosvaldo e Somadevosvalda, gli dei che stavano nella Nuvola del Non-Tempo, decisero di creare la Terra.
"Facciamo un pianeta, ma non un pianeta come gli altri" disse Panca. "Un pianeta con delle cose che si muovono, camminano, ridono, mangiano, fanno l'amore e sognano e digeriscono come noi."
"L'idea è buona," disse Soma, la dea giudiziosa, "ma da non realizzare in fretta, come fai di solito. L'ultima volta che hai creato un sistema planetario hai fatto delle orbite sbagliate e i pianeti si sono bocciati dopo un minuto. L'Universo non è un autoscontro. Pensiamoci un po' su."
Ma Panca era così eccitato dal suo progetto di un mondo con delle cose che ridono e digeriscono, che approfittò di un sonnellino della dea, e in quattro e quattr'otto fece la Terra.
Somadevosvalda si svegliò e vide il Dio che sorrideva sotto il divino baffo. Insospettita, contò subito tutte le stelle e i pianeti dell'Universo (roba da ridere per una dea). Alla fine sbuffò e disse: "Novanta sbaradilioni otto miliardi e centotrentuno. Hai fatto un nuovo pisello e non mi hai detto niente!"
"Ebbene sì," disse Panca, "guarda com'è bello!" e le mostrò la Terra.
Soma la guardò e si mise le mani nei capelli: Panca aveva fatto la Terra tutta di terra! Non c'era mare, non c'erano fiumi, solo una crosta rocciosa, senza un filo d'acqua.
"Disgraziato," tuonò, "tu e la tua solita fretta! Ti sembra che possa essere abitabile un pianeta così, senza neanche il mare?"
"Il mare?" chiese Panca avvilito, "e che cos'è?"
Soma sospirò: "Quello con i pesci. Dove hai pensato di metterli i pesci?"
"Pensavo... con qualche piccola modifica... quattro zampette... di metterli nelle foreste... magari con qualche aluccia."
"Qualche aluccia! E ci farai volare un capodoglio! Idiota! Rifacciamo subito tutto!" disse decisa Soma. Ma Panca, che era un Dio un po' permaloso, rispose: "Neanche per sogno! Ormai ho sistemato tutto. Ci ho anche messo gli abitanti!"
"Allora," disse Soma, "faremo decidere a loro."
A quel tempo Stranalandia era sulla cima di una montagna. Vi abitavano i primi tre abitanti della Terra: Unvaldo, Duvaldo e Trivalda. Stavano dormendo tranquilli quando con un tuono e un lampo scesero dal cielo Panca e Soma.
"Salute a voi, terrestri," dissero.
"Volete comprare dei formaggini di capra fatti da noi?" domandò Unvaldo, che aveva già uno spiccato spirito commerciale.
"No," disse Soma. "Non siamo turisti, siamo i creatori del mondo."
"Bum" disse Trivalda.
Allora Panca lo dimostrò: alzò una mano e un vulcano eruttò, schioccò le dita e un terremoto aprì in due la valle.

"Va bene, va bene, basta" disse Trivalda, "abbiamo capito."
"Già che c'è mi spaccherebbe mica questa noce di cocco?" chiese Duvaldo.
"Cari terrestri," iniziò Soma, "noi siamo qua per chiedervi di decidere. La Terra così, com'è, non è ospitale. Noi vi aggiungeremo un profondo mondo d'acqua. Sarà profondo come la montagna più alta, buio e misterioso, ma anche amico e luminoso. Vi vivranno miriadi di creature, molte più che sulla terra. Sarà così grande che non lo potrete misurare, e così forte che lo potrete navigare solo con prudenza e rispetto. Ci saranno isole lontane e irraggiungibili, e naufragi e bufere, ma anche spiagge e cibo per voi e il clima sarà mite e sorgeranno lunghe file di funghi colorati detti ombrelloni... insomma, se uno solo di voi lo vuole, allora faremo il mare."
"Altrimenti," brontolò Panca, "ho ragione io."
Duvaldo ci pensò un po' su e disse: "Non mi piace questo mare. È profondo, pericoloso e misterioso. Non mi piace quello che non capisco. E poi è troppo grande. Ci farà sentire piccoli. Ed è anche troppo libero. Non lo potremo né imbrigliare né legare, se vorrà rivoltarsi contro di noi. E poi non so nuotare. No, non voglio il mare."
Unvaldo si grattò a lungo la testa poi disse: "Neanche a me piace il mare. È tutto d'acqua, non si può fare a fette e vendere. Economicamente non è un grande affare. La terra può essere recintata, fortificata. Il mare invece è di tutti. E poi il pesce ha troppe lische. No, non se ne fa niente."
Trivalda alzò il capo e parlò: "A me piace il mare. Saremo tutti più liberi, con il mare."
Soma lanciò un urlo di trionfo. Panca per la rabbia scambiò di posto a due montagne, con nessun miglioramento del paesaggio.
"Allora," disse Soma, "via: subito nove sbaradilioni di acqua dolce!"
"Salata!" urlò Panca per ripicca.
"Perché?" chiese Soma.
"Perché ne voglio avere vinta almeno una," brontolò Panca.
"Salato il mare e dolci i fiumi" disse Soma. "E così sia."
Si sentì un rumore come un miliardo di rubinetti: e fu così che Stranalandia diventò un'isola. Trivalda lanciò un gridolino e si buttò in acqua: in un'ora aveva già inventato la rana, il crawl e il dorso. Gli altri due tennero il grugno per un'ora. Prima di sera però erano anche loro in acqua a fare il verso della foca. Una settimana dopo Unvaldo aprì il primo ristorante con specialità di pesce.

L'ORSO TENNISTA

L'ORSO TENNISTA

Ursus wimbledon

Secondo Lupus, questo animale è originario dell'Australia, ma ora vive solo a Stranalandia. La natura lo ha predisposto per il tennis: notate le orecchie a racchetta e le caratteristiche scarpette. L'orso tennista passa ore e ore sulla spiaggia rossa della baia Lumaca a giocare a tennis in branco (Lupus ne contò 128 esemplari).

Le regole del tennis tra orsi sono abbastanza simili a quelle del tennis umano, con la differenza che non c'è arbitro, perché gli orsi sono molto sportivi e difficilmente protestano quando perdono. Soltanto nel caso di errori gravissimi l'orso si arrabbia e fa lo "zok", che è l'equivalente del tirare la racchetta per terra. Essendo la racchetta una sua orecchia, l'orso tira una gran zuccata nel terreno e urla "zok" (che vuol dire, più o meno, "fesso che sono"). Nella stagione degli amori si formano le coppie di doppio misto: un orsetto e un'orsetta.

Il livello di gioco degli orsi è eccellente: Lupus provò a sfidarne alcuni con una rudimentale racchetta con corde di calamaro, e perse sei a zero. Solo dopo si accorse che Osvaldo gli aveva mangiato le corde della racchetta.

IL FIRMOLO

Sgarabocchius identitarius

Animaletto diabolico, nero e filiforme, che vive quasi sempre invisibile agli animali di Stranalandia ai quali si diverte a combinare gli scherzi più strani. Balzando dentro patenti, assegni e documenti, imita le firme e confonde tutto. È abilissimo nell'entrare nelle buste e stravolgere le lettere trasformandosi in un nome o un aggettivo.
A Stranalandia ad esempio è facilissimo ricevere una lettera che comincia con le parole "Caro cretino". Se grattate la carta e la parola "cretino" se ne va scodinzolando, era il diabolico firmolo. Se non se ne va, vi siete beccati davvero del cretino. Nel dubbio non grattate.
Altro scherzo del firmolo è quello di intrufolarsi nelle carte di identità e trasformarsi in firma celebre. Perciò a Stranalandia, grazie al firmolo, non si sente mai dire la frase "Lei non sa chi sono io!"

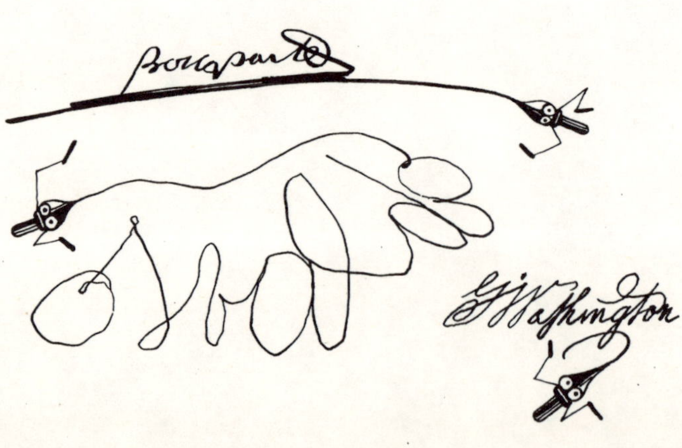

IL GUM-GUM

Scancellarius equus

Il gum-gum è un bipede gommoso che per nutrirsi cancella gli alberi sbagliaroni, che sono alberi le cui foglie sono piene di errori. Però nella fretta spesso si sbaglia e cancella alberi con le foglie giuste. È un animale utile, ma a volte esagera. E poi nessun albero è perfetto.

IL PREPOTENZIO INSCATOLARIO

Prepotenzius venditor

Animale che passa il tempo a mettere l'isola in scatola. Tutto per lui è da comprare e vendere: su tutto appiccica il cartellino del prezzo o un'etichetta. Così ti vende a caro prezzo cose che sono già tue: inscatola l'aria fresca e la rivende sotto forma di deodorante, l'acqua pulita e la rivende come schiuma da bagno, inscatola la nonna e ci fa dei biscotti, la montagna e ci fa dei formaggini, sporca e vende detersivi, impesta e vende profumi; è proprio pazzo.
A volte inscatola anche le parole, e interi paesi, e uomini: dice che il mondo è una scatola, e non c'è altro da fare che fare scatole e venderle. E che nessuno rompa le scatole. Si arrabbia moltissimo se trova cose che non riesce a inscatolare: allora ne fa di quasi uguali, in scatola, e dice che sono meglio delle vere.

IL PAPÉCORO

Paperus pecorone

A Stranalandia è facile vedere branchi di questi paperi, tutti uguali. Camminano in fila, al passo, vanno sempre nella stessa direzione (anche se non sanno dove) e ripetono sempre lo stesso verso: "Qua". Se uno di loro si gratta un'ala, tutti se la grattano, se uno inciampa, tutti inciampano. Comprano la stessa bibita, lo stesso disco, le stesse scarpine, lo stesso cappellino. Se vedendoli passare gli chiedete: "Ma cosa state facendo?", rispondono: "quello che fa quello davanti." E dove andate? "Qua."

LA GRU CESTISTA

LA GRU CESTISTA

Alfonsina basketans

Animale dalle lunghe gambe e dal lungo collo, fortissimo nel gioco della pellicanestro stranalandese. Questo sport, come vedete nella figura, consiste nel centrare con una palla di colla di pesce il gozzo di un pellicano situato su un albero a tre metri d'altezza. Vince chi riesce a far mangiare più palle di pesce al pellicano. Le gru sono così brave che a volte bisogna sostituire il pellicano per indigestione. Le squadre più forti dell'isola sono tre: i Diavoli Rosa (fenicotteri), le Chiccobello Stars (cicogne, sponsorizzate da una nota ditta di biberon) e le Stranalandia Bluebells (gru). Negli anni di questo diario le Bluebells vinsero sempre il campionato con superiorità schiacciante.
Ecco qui sotto una foto della squadra vincitrice del campionato 1908 con le firme delle giocatrici. (Da sinistra: Bianchina, Grigiola, Fettalunga, Stanga, Bellagamba, Piumadoro, Cinerina, Gambasecca, Lungona e Beccorosa.)

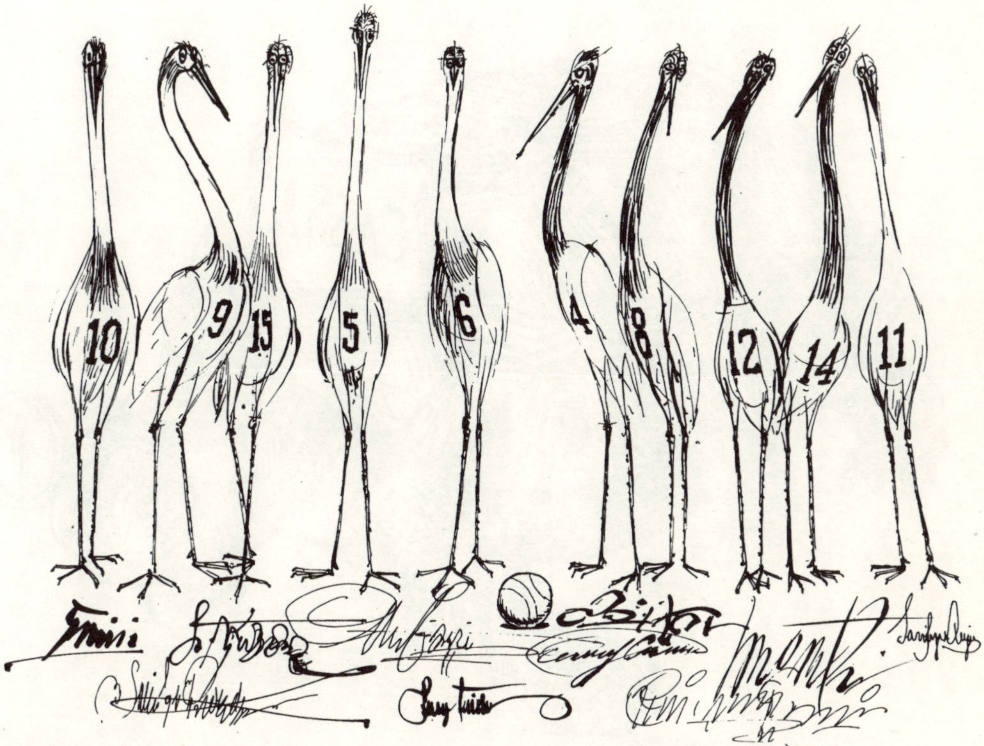

LA BANCARUGA

Tortuga popolare

A Stranalandia esiste un tipo di tartaruga, la bancaruga, che vive fino a quattrocento anni perfettamente lucida. Per questo tutti, sull'isola, le raccontano debiti, crediti e affari, che lei registra, proprio come una banca. Esempio: il topo deve avere cinquanta conchiglie dal gufo, e quest'ultimo fa finta di non ricordarsene. Allora si va dalla bancaruga che dice: "Nel 1864 il topo prestò settanta conchiglie al gufo, che gliene restituì solo venti nel 1871. Il gufo deve pagarne ancora 50!"
Tutti si fidano della bancaruga perché è disinteressata, non chiede tangenti né presta a usura (se no si chiamerebbe tartaruba). Ogni tanto, però, succede che i nomi e i numeri siano tanti che una bancaruga, invecchiando, si confonda e combini pasticci. Allora gli altri animali chiudono la bancaruga e la mandano in pensione, magari a ricordarsi i risultati di calcio. Ma ciò succede dopo molti, molti anni. Una bancaruga di Stranalandia, interrogata da Kunbertus, si ricordava perfettamente che nel 1492 un certo Cristoforo Colombo era passato di lì e aveva preso a credito cento banane, che non aveva mai pagato.

IL GUFO DIURNO

Hubo eliocchialutus

A differenza degli altri gufi, che sono animali notturni, il gufo di Stranalandia ama vivere di giorno. Kunbertus cercò di scoprire il perché di questa mutazione, e soprattutto perché il gufo portasse gli occhiali da sole. Pervenne a un'ipotesi: il gufo ha smesso di vivere di notte perché il medico gliel'ha proibito. La vita notturna di Stranalandia è infatti molto intensa e i gufi sono noti gaudenti (ad esempio sull'isola si usa dire: beve come un gufo). Il gufo è quindi stato costretto a darsi una regolata e porta gli occhiali da sole perché ha gli occhi gonfi per gli stravizi. Oppure, perché s'è fatto un occhio nero nel tentativo di centrare, volando al buio un po' alticcio, il buco nell'albero dove abita.
Kunbertus pose il problema a Osvaldo che rispose così: "Inizialmente tutti i gufi del mondo avevano gli occhiali da sole. È noto che non c'è niente di più facile da perdere di un paio di occhiali da sole. Tutti i gufi che hanno perso gli occhiali da sole sono diventati notturni. Gli altri sono venuti qui a Stranalandia. Augh!"

IL SERPENTE CON I POLLICI

IL SERPENTE CON I POLLICI

Boa canalatus

Sulle spiagge di Stranalandia non è infrequente incontrare questi serpentoni che si raggomitolano "a schermo", fingendo di essere la cornice di uno schermo televisivo. In tal modo tutto quello che sta sullo sfondo viene "inquadrato" dal serpente televisore.
Vi chiederete perché mai uno dovrebbe vedere un tramonto, o un paesaggio, o un amico, attraverso il serpente visore e non invece liberamente. Infatti, su Stranalandia, pochi animali ci cascano. Allora il serpente che non riesce a ottenere successo di pubblico, furioso, ne inventa di tutti i colori: paga altri animali perché facciano conversazioni interminabili dietro di lui, si arrotola come un pazzo in diverse posizioni fingendo di avere diversi canali. Alcuni serpenti si arrotolano intorno allo spettatore lusingandolo e dicendogli: vedi, in questo momento sei in serpentevisione.
Ci sono piccoli serpenti lunghi dieci pollici e altri di seicento pollici, c'è l'Anaconda cinemascope che è in grado di inquadrare un'intera partita di calcio, e il tremendo Boa moviola, che obbliga gli animali a rifare al rallentatore quello che hanno fatto un minuto prima, se no li mangia. Alcuni serpenti, in cambio della prestazione, vogliono anche un canone. Tra di loro scoppiano spesso liti furibonde per arrotolarsi davanti allo stesso albero. Gli animali, furbi, girano dietro al serpente e vanno a vedere l'albero direttamente. Altri dicono che però l'albero visto attraverso il serpente è tutta un'altra cosa.
Lupus rise molto di questo serpente visore. Dopo sei mesi però ne aveva tre in casa, due a colori e uno piccolissimo portatile.

FUNGHI BUONI E CATTIVI

Su Stranalandia ci sono molte qualità di funghi, ma i più caratteristici sono questi che vi presentiamo.
Il più buono è il Boleto lieto, o Bolieto, un fungo alto e slanciato sempre di buon umore e sapore. Vive in famiglie molto affiatate di una ventina di esemplari. È buonissimo e altruista: dà riparo ai grilli quando piove, trattiene l'acqua e la dà da bere agli uccellini, e ama molto essere mangiato e cucinato. Basta metterlo nella pentola ed è lui stesso che dopo un po' annuncia: "Sono pronto." Oppure: "Guarda che manca il sale!"
Cattivissimo è invece il Boleto bruto, o Boluto, che vive solitario e scontroso, nascosto nel muschio. Se un grillo si rifugia sotto il suo ombrello, lo inonda di acqua; secerne un liquido vischioso che sporca le scarpe degli uccellini che si posano su di lui, canta canzonacce, beve e gioca a carte. Se viene preso e cucinato, non solo non collabora, ma esce dalla pentola e prende a rotolare sul pane, sulla tovaglia, rendendo tutto amaro e velenoso. Chi lo mangia, ha mal di pancia per nove giorni e nove notti e gli cadono tutti i raggi della bicicletta.

IL KOMÉRI

Rosegarden reverius

La prima volta che lo si incontra si resta senza fiato. Prerogativa del koméri è che, guardandovi riflessi nel suo grande occhio, vi rivedrete bambini. Gli elefanti si rivedono elefantini, gli osvaldi osvaldini, le rane girini, i gabbiani ovolini.
Nel rivedersi così, ai tempi in cui si era curiosi e pieni di desideri e speranze, qualcuno si vergogna e scappa via, qualcuno sbuffa e se ne va. Qualcuno si mette a piangere come una fontana. Altri dopo aver guardato a lungo cambiano del tutto vita, oppure non la cambiano per niente. Altri non si riconoscono neanche e dicono, guarda che buffo bambino. Altri non capiscono e dicono che è la televisione. Altri rompono lo specchio con un pugno. Altri ci fanno su un gran discorso. Altri si buttano al di là dello specchio.
E se un bambino si specchia nel koméri, cosa vede? Si vede ancora più piccolo? Vede cosa sarà da grande? Non si vede? Voi cosa ne pensate?

INDICE